贵族狗寻根记

张旗 杨淦 著

新星出版社 NEW STAR PRESS

图书在版编目（CIP）数据

贵族狗寻根记 / 张旗，杨淦著. —北京：新星出版社，2011.6
ISBN 978-7-5133-0290-6
Ⅰ.①贵… Ⅱ.①张… ②杨… Ⅲ.①长篇小说－中国－当代 Ⅳ.①I247.5
中国版本图书馆CIP数据核字（2011）第100496号

贵族狗寻根记

张旗 杨淦 著

责任编辑：许 璇
责任印制：韦 舰
装帧设计：小 喜
图文制作：伊继磊
　　　　　　杨 帆
　　　　　　羊苑瑗

出版发行：新星出版社
出 版 人：谢 刚
社　　址：北京市西城区车公庄大街丙3号楼　100044
网　　址：www.newstarpress.com
电　　话：010-88310888
传　　真：010-88310899
法律顾问：北京市大成律师事务所

读者服务：010-88310800　service@newstarpress.com
邮购地址：北京市西城区车公庄大街丙3号楼　100044

印　　刷：北京佳顺印务有限公司
开　　本：880×1230　1/32
印　　张：6.25
字　　数：100千字
版　　次：2011年6月第一版　2011年6月第一次印刷
书　　号：ISBN 978-7-5133-0290-6
定　　价：20.00元

版权专有,侵权必究;如有质量问题,请与出版社联系更换。

楔子

查理不是人，是狗，是一条有着勇士基因的狗。

人类的勇士基因，可能来自于消失了的尼安德特人；狗的勇士基因，应该来自于藏獒，那种生活在地球最高海拔的犬类。传说他们是人类祖先的朋友，与人类一起经历了蛮荒时代。勇士基因是什么？说白了就是一股"浑劲儿"，再加上点儿"明天是美好的"乌托邦精神。

正是凭着这么一股劲儿，查理祖爷爷的祖爷爷咬死了一条爬向公主的毒蛇，查理爷爷的爷爷又在一次狩猎中，用不顾一切的狂吠吓退一只发怒的巨熊，救下了子弹打光的老国王……为此正式被加封"爵士"头衔。

所以出生在皇宫里的查理是一条地地道道的贵族狗。

可是造化弄人，一次阴错阳差，转瞬间，查理就由贵族狗变成了流浪犬，而且还是一条跨国的游街狗。

也许狗们，尤其是人们，一定会为他的命运叹惜。可是查理想告诉你的是：那段经历让他自由并快乐着……而且在中国，他找到了自己的"根"和一大群可爱的朋友……

一

欧洲名城，一场国际马戏表演正在精彩进行。

王室的包厢里，查理很兴奋，有一种跃跃欲试的感觉，因为他很少有机会看动物的表演。

王妃和王子却在争吵。

"为什么要把大衣送给街上的流浪儿？不要忘了你是王妃！"

"王妃是人，他们也是人。"

"哗众取宠！"

"他们很冷，他们需要！"

"想当然！你怎么知道他们冷？"

"我知道，因为我也很冷！"

"你冷？"

"是的，很冷！经常一个人孤独地待在家里……噢！不，还有查理陪着我。"王妃把查理紧紧地抱了一下。

王子殿下咽了咽口水才反应过来："你这是存心要我出丑？"

"难道你不丑吗？像一只山鸡，以为把脑袋扎进雪堆，就没人能看见你那些勾当了！"

……

争吵越来越激烈,卫兵连忙拉下帘子,免得被记者们发现。

在公众面前表演恩爱的王子和王妃,私下里总在吵架。这让查理很反感,因为人的行为影响到了他在狗面前的尊严。

查理从王妃怀里跳开,独自躲到栅栏缝儿里舒舒服服地看起马戏来。

第一个节目是驯象表演,一个皮肤黝黑的驯象师穿着民族服装,伴随着欢快的音乐边歌边舞地跳上舞台。

跟在他身后出场的大象从额头到鼻子都覆盖着金灿灿的黄金饰品,背上铺着斑斓的刺绣锦幔,两支雪白的象牙在色彩的衬托中显得更加夺目。更让人惊奇的是,大象四条巨大的腿随着音乐有节奏地一起一落,一会儿围着舞台跑圈,一会儿站在中间甩着长长的鼻子去够吊在空中的苹果,看起来就像一出精彩的宝莱坞歌舞剧。

接下来还有更刺激的,驯象师让大象停止了舞蹈,自己和几名助手躺到地板上,示意大象往前走。大象抬起了前腿,紧张的背景音乐响起,一个个鼓点像敲在观众心上,有人发出惊恐的叫声,一些胆小的女士甚至捂住了眼睛。没想到大象却巧妙地避开了驯象师,准确地将巨大的脚掌放在人与人之间狭小的空间上。

观众席静悄悄的,大家都屏着气紧张地盯着舞台,直到大象最后一只脚越过了地上的驯象师们,才长长地出了口气,不过他们马上惊叫起来!因为顺利通过的大象突然转身,长鼻子一勾,将驯象师卷了起来,并且甩到半空中!正当大家惊恐的时候，只见被甩起来的驯象师在空中一个翻身，稳稳当当地落在大象铺满锦缎的背上！

驯象师在象背上站起来，开心地向观众敬礼，他知道他的表演十分成功！大象也俏皮地举起鼻子模仿敬礼的样子。

观众们爆发出热烈的掌声和欢呼声。

接下来有非洲的狮子滚球、俄罗斯的老虎跳火圈、美国的花样套牛……精彩纷呈，让人们应接不暇。

一个中国女驯兽师穿着对襟儿红袄，领着一条狗走上舞台。

查理眼前一亮。

女驯兽师在小狗面前排开一片小黑板，上面写着"3+2=？"只见她指了指小黑板，小狗便"汪汪汪汪汪"地叫了五声。

观众席上发出一片赞美声："多聪明的狗啊！"

接下来小狗展现的本领更让人吃惊：他竟然能做乘法和除法！不只是"2×5=10，6÷2=3"这种简单算术，甚至连许多七八岁孩子不会的题，他也能迅速地算出来！

观众席爆发出热烈的掌声与喝彩声。

查理被台上那条会算术的狗深深地吸引了，他不仅表现得出色，更重要的是居然长得很像自己，干脆说就是一模一样。查理忽然心血来潮，决定跑过观众席，再从侧面台阶蹿上舞台，绕到演员休息室去会一会那条狗。

从人的身边逃开并不是太难的事儿，只要选准时机，他们在专注利益纠葛的时候，就可以放心大胆地走了。人类的直视和余光都不会在意你，螳螂捕蝉为什么会有黄雀在后呢？

就是因为太专注。

查理几乎是从侍卫官的靴子边离开的,要不是溜走,他真想在那只靴子上踩一脚,甚至想找机会在上面排泄点什么,因为这家伙太会擦鞋,尤其是王妃的鞋。查理发现太亮的皮鞋能让脸变形,他很在意自己的形象。

此刻剧场里整体欢腾,一定是哪个动物在食物的诱惑下完成了讨人喜欢的超常规动作。光影在晃动,人的声音像浪一阵阵涌起,全情投入,把空间充塞得满满当当。

查理快速跑下三十个台阶,没有人会注意他的行动。在穿过整个走廊的过程中,座无虚席的剧场里,只有一个男孩发现了查理。他们四目相视,孩子的脸上很平静,丝毫没有惊讶和打扰他的意思。查理也没有停下脚步,礼貌地绕过孩子放在地板上的爆米花。他敢肯定这个有主见、不从众的小孩儿会扭过身子看着他,一直到消失。

休息室里,查理和表演狗面面相觑,同时被对方的形象惊呆了。他们像照镜子一样你看着我,我盯着你,对视了好久,因为他们始终没有从对方身上找到足以说服自己的不一样:形态毛色完全相同,尤其是脖子下面像领花一样的一撮黑毛,竟生在同一个位置。

"你是谁?怎么和我长得一样?"查理不客气地问。

"我是大明星'博士'。你又是谁?怎么流浪到外国来了?"

"流浪?!笑话,我是贵族犬,生在皇宫里的'查理爵士'。"

查理刚想大摆家族威风,但灵敏的听觉告诉他王妃的侍卫官已经向这边走过来了。查理慌忙离开,打算神不知鬼不觉地回到王妃身边不被发现。

意想不到的事发生了,皇宫侍卫赶到后台,毫不怀疑地抱起那条叫"博士"的狗,一路小跑儿地追上怒气冲冲的王妃。原来王妃和王子发生激烈冲突,中途退场了。

查理追到剧场门口,却被一只粗壮的手不由分说地揪住了。他拼命地叫,但得到的是听不懂的语言和陌生的爱抚,随后就被塞进了一个笼子。

看着远去的侍卫官,查理气疯了,他真不知道这个蠢货,这个整天在王妃面前装帅、装酷、卖弄身材的家伙,除了主子的意图之外还能识别什么?

查理开始后悔了,他没有觉得自己离开了很久,好像只有一小会儿。

其实查理错了,他真的在后台盘桓了很久。生灵在审视自己的时候是格外宽容的,包括时间……越是在意自己的就越是如此,哪怕是一条狗。查理冲着王妃的专车死命地叫着!他甚至使出撒娇、撒痴、受委屈,或者愤怒的各种叫声,这些叫声只有王妃熟悉,是他们之间私密的沟通方式。平时只要用其中一种,主人一定会马上关注的。今天却无济于事。

车启动了,而且像盛怒的王妃一样,一无反顾,绝尘而去……查理的吠叫也随着渐弱下去变成绝望的哀鸣。

突然查理又狂吠起来,那声音足以让所有的生灵侧目,因为他看见了王子,被一群人簇拥着从铁笼旁走过。

查理的叫声把王子吓了一跳,他头也没回,加快脚步地离开。查理听到了他和侍从的谈话。

"外国的狗也这么没教养,叫起来能吓死人。"

"殿下您说得太对了,看看我们的查理多么有绅士风度啊!"

"就是,他从来不乱出声,我甚至想说,他比王妃更像贵族……"

查理快晕过去了,欲哭无泪!他不出声是因为实在讨厌这个没有激情的王子。

王妃的专车里,面对着生气的主人和她的愤怒宠物,人们没有发现任何不妥。只有被劫持上车的博士,拼命地趴在窗口上,盯着被自己主人塞进笼子里的查理。

车渐行渐远,两条小狗无助地对望着,狂吠……

二

还没等查理安静下来正视自己的灾难，铁笼子就被吊了起来，装进巨大的集装箱。他又扑又闹，但是没人懂他。查理龇牙几次想咬安抚他的女驯兽师，但终于还是没有这样做。

集装箱尾部的门被关上了，查理的眼前只剩黑暗，看不见任何东西。很快箱子又一次被吊起，这次升得很高很高，有一种晃晃悠悠的感觉。黑暗中，一点一点升空带来的忐忑，让查理紧抓笼底，生怕掉下去当场摔死。接下来是巨大的落地声，整个集装箱都在颤动。

一声尖厉的汽笛，伴随着波浪拍打的声音，查理想到了海，想到了皇家游轮……

"游轮？大海？难道要离开欧洲大陆？！"

查理再次往铁笼上疯狂扑撞，希望能打开那该死的笼子，他一边拍打一边懊恼地咒骂着："笨蛋！群氓！暴民！你们要把我弄到哪里去？我要回家，我要见王妃，我要让女王治你们拐卖罪……"

"嘿嘿嘿，咯咯咯，嘻嘻嘻……"随着不同的发声，黑暗中露出一双双绿油油的光点。原来几个大集装箱里还有很多动物，狮子、老虎、狗熊、猴子、梅花鹿……整整一个马戏团！

船身摇得越来越厉害，那个钢盔一样的狗食盒儿从一边滑向另一边，又从另一边滑回来。开始只是滑过来滑过去，再后来就成了撞过来撞过去了，重重地敲击着铁栏，"当当"作响。控制不住的重心飘移让查理的鼻子重重地撞在铁栏杆上，很痛！

查理最不喜欢的就是金属，无论是铁圈、铁链，还是铁笼子。他初次被套上铁项圈的经历，是一生中最痛苦的记忆。让查理感受到和人生活在一起的冰冷和强硬，体会到人用兽行对付"兽行"的强硬手段。尽管有时为了调动你，也会喂你吃的，诱之以利，但目的是一样冰冷和强硬的，必须按人的规矩办，听人的指挥。在查理的经验里，一旦人用金属来对付你的时候，那就没有什么可商量的余地了，服从是必需的。

所以查理从小就讨厌金属的气味，他想过各种办法，包括不情愿地摇尾巴，也要达到避而远之的目的。可是这次，他突然产生了兽的、硬碰硬的冲动。查理用额头一下一下地撞着铁栏杆，像网上那个用头撞墙表示顶的卡通小人。

都说狗是铜头铁背，但撞久了还是有点儿晕。不知道是浪的原因，船的原因，还是自身的原因，查理开始有一种站立不稳的感觉。他想象不出海面上是何等的惊涛骇浪，但他知道自己的脑海里已经是惊涛骇浪了。

"是不是狂犬病发作了？"这种用狗命名，让兽必死无疑的古老疾病，潜伏在血液中几万年，至今还没有进化出抵抗力来。

不知道过了多久，四周响起了呼噜声和放屁声混合而成的交响曲。

查理，这个从皇宫里走出来的贵族，开始想一些从来没想过的问题。

"这些关在笼子里的家伙无法和自己同日而语，他们从来不是被人类选定，可以安全养在身边的动物，不可能进入人类生活，享受美食，舒适和安全。他们必须和人拉开距离，退避三舍，一旦被捉到，要么是被杀，剥皮吃肉；要么是被关，囚禁示众。即使像这几个幸运儿，也要在棒子和食物的驱使下去完成人类取悦自己的需求。

"犬带着认同的心态让人来安排，他们是受宠者，而我尤其不同，一个犬中的贵族犬，受宠者中的爱宠者，跟这些野兽没有可比之处。"

大象在放屁，好大的气味。据说牛群排放的甲烷都可能使地球变暖，那么这种最大的植食性动物没有被人类大规模圈养，应该是地球的幸运。

"真是一群浑浑噩噩的家伙！"

查理皱着眉头换了角度，把脑袋扭向爪子的另一侧。他努力让自己去想皇宫的日子。

"食物由最好的营养师配置，有多种口味经常更换；衣服是名设计师量身定制的，每年按四季做新衣服，虽然自己一点也不喜欢往身上套这些奇怪的东西；小房子使用最新研制的健康环保材料，住在里面冬暖夏凉，不会感冒，而且还是透明的，方便仆人随时关注自己的情况；只要自己做出'我饿了'的表情，马上就会有香喷喷的肉干等各种符合营养师规定的食物送到面前……更何况在皇宫里自己可以畅行无阻，没有卫兵阻拦……"

想到这里查理本可以安睡了，可是不知道为什么，他会突然醒来！竖起耳朵，睁大眼睛凝视着黑暗中的远方，那望不到尽头的远方，心底泛起一个古老的念头："或许远方更好！远离人类会更好！否则，为什么那么多'兽'都选择了这条路？"

然而，事实是狗选择了人类，选择了接受一种强制性的爱，爱你没商量！必须接受。

人要表达这种爱，是他们兽性的需求，近似乎发泄，一定会很爽。身边如果有一个生灵，能随时拿来表现这种爱法，那可真算得上是一件幸事。

狗的聪明（也许是愚蠢）就在于能毫无怨言地为人类担当这样的角色。人利用这份忠诚和服从，对狗做了些什么，只有人的心里明白。

"难道狗们就没有更好的办法了？"查理这样问自己，"比如自己选择角色，自己努力去演好它……"他开始做梦了。

三

接下来他们经过了海陆空，换乘过轮船、火车、飞机，期间那个女驯兽师来过好几次，查理无一例外地又叫又吼，可他的愤怒丝毫不被重视，得来的只是一些从没吃过的食物和好言相慰："别着急了，今天我们就到家了！"查理要的不是这些，整日哀鸣着。

飞机降落在一个美丽的城市，这里有宽阔的街道、如梭的人流，也有红墙绿瓦的好看的房子，每个人都表情严肃。查理觉得这里似曾相识，好像在梦中来过。

动物们的家是一个巨大的库房，除了摆放着马戏团几排铁笼子之外，整个库房空空荡荡，就像中国画的大写意，在白纸上点几个黑点，画成游动的蝌蚪，然后大面积留白。据说使劲儿听，能听到蛙的叫声……当然，在这个巨大的空间里，只能听到兽的低吼。

第一个夜晚，查理不得不开始关注身边的邻居。隔壁笼子里的老熊呼噜打得震天响，他一定是劳累过度，每天要完成诸如后空翻、单腿跳绳等非熊类常规动作，是很消耗体力的，更何况嘴的大部分被皮革绑住,只允许用嘴唇接住小颗粒的奖励食品。即使如此,和其他被人控制的同类相比,他应该感到幸庆,起码没有被砍下熊掌,或切开肚皮,把导管儿插进胆囊里。

查理整个晚上都竖着耳朵,但不是因为熊的鼾声,而是最远处狮笼里传出的声音。查理不能不去听一颗人的心脏的急速跳动。千真万确!他听到了,也嗅到了,在那个关着狮子的大铁笼里有人的心跳和呼吸声,很急促。不会有错的!因为在狗的基因里,人的声音、气味永远是摆在第一位的。

接下去会不会是咬断喉咙的惨叫声……查理不敢肯定,因为他听到笼子里的那头雄狮,那个在远古和犬类有着共同祖先的兽中之王,此刻还算平静,他吃饱了,正在准备进入梦乡。

查理不明白,那个女驯兽员为什么要进到雄狮的笼子里,陪狮子过夜,进到自己的笼子里来不是更好嘛……人跟狗睡到一起更安全,这是人和犬的祖先们几十万年前的选择!

查理是生活在宫廷里的贵族狗,当然不知道马戏班子里的事儿。驯狮人必须和自己要驯的狮子在同一个笼子中共渡两个夜晚。这种近似乎恐怖的驯兽法,在马戏界已经流行了很久。据说有了这种虽然不是同眠共枕也算同笼共睡的经历,狮子就有了对驯兽人的认同感,认定睡觉时不攻击自己的动物是没有敌意的!

但是查理确定,除了狗和猫之外,其他动物对人类是绝对不认同的。他们对人类做出的反应只是本能反应。狮子只会得出这样的结论：女人不饿，不需要攻击我。狮子能够还给女人的也只能是：我不饿的时候也不想袭击你。

然而狗不同，他们对于人有一种近似乎责任的情感。比如此刻，这个仓库里所有的动物中，恐怕只有查理一刻不停地支着耳朵，去听另一个笼子里人和狮子的各种反应。其他动物都不会这样去关注人类，他们只关注自己所在的区域内是否安全，再有就是吃饱了，还是要继续吃……

四

躲不过去的日子终于来了，查理被女驯兽师带上了舞台。剧场里，高音喇叭一遍又一遍地嘶吼："刚获得国际马戏大赛冠军的聪明狗——博士！将为大家带来最不可思议的动物表演……"

当所有的灯光、目光、相机闪光都一起投过来的时候，查理感到万箭穿心。他瞬间失聪了！最灵敏的狗耳朵居然听不到一点儿声音，无论是掌声、笑声，还是指令。

台上的查理像梦游一样跟着指挥棒走过来走过去……驯兽师不停地拿起写着数字的牌子，在他眼前晃动。这对没有受过训练的查理无济于事。狗不可能懂数学——这种人类专门用来解释宇宙的根本法则。

但查理并没有夹着尾巴逃离现场，他是一条见过世面的贵族狗，曾经在"欧洲杯宠物大赛"上独揽十项冠军，包括"最快速的反应力"和"最完美的仪态"等等……这为他的女主人挣足了面子，所以王妃非常宠爱查理，常常带他出席可能出席的各种社交活动，和他的距离甚至比丈夫还近，尽管他只是一条狗。

查理的成功在于对人类意图的准确领悟和出色表达。比如他的必杀技——直立行走，曾经在各种场合赢得无数的人类掌声。

人类是一种自恋到放肆的动物，对自己的智慧和愚蠢都同样痴迷，乃至自己的一哭一笑，一举一动都在意得不得了，既便是普通动作也一样能得到迈克尔·杰克逊式的风靡全球。

查理就是查理，他突然用两条腿站起来了！在灯光辉煌的舞台上，在众目睽睽之下，查理开始迈步前进，不是一步两步，而是从容不迫地绕着舞台走了一圈儿又一圈儿，两只前爪，手一样放在腹部的两侧，目光注视右上方四十五度，这是他从小每天看着皇家仪仗队出操学会的……

暴风雨般的掌声和笑声一下子冲开了查理的耳膜，耳朵也恢复了听觉。查理用人类的动作征服了全场，与此同时，他也被女驯兽员毫不客气地抱离了舞台。

搞砸了表演的后果是可想而知的，在班主的咆哮声中，查理被取消了演出资格，关进禁闭室。原来皇宫外面，每一个人都被安排了角色，一个必须演好的角色，演好了有口饭吃，否则就会被关进笼子里。

马戏团的全体动物也一起嘲笑查理的低能和弱智，兽从来不把模仿人类的动作当做光荣。

查理已经彻底绝望了，他不吃、不喝、不动、不响也不再做任何挣扎和反抗，这种绝望准确地传递给了马戏团的其他动物。

山羊问:"哎!你说那个'贵族'会怎么样?"

马说:"两条路,要么悄悄死去,要么送出去被人收养。"

"猪、牛、羊、马、鸡、犬,这是你们六畜的想法,我看还有第三条路。"猴子说。

"什么?"

"被人煮着吃了。"猴子说。

"你胡扯!这不可能。"熊猫训斥猴子。

"你们根本不了解灵长目,我们什么都吃。"

查理的心在翻江倒海,他听说过人类吃狗肉的事情。如果是那样,他宁可让对面笼子里的那头狮子吃掉。

猴子接着说:"人从来把狗当奴才,也有个别把狗当朋友的,但只是主奴之间的私情。狗的整体定位得不到尊重,猪狗不如嘛!狗的忠实服务是奴才该做的事,不存在感激的必要,人们怎么会因此就不去吃香喷喷的狗肉呢。"

"你这个家伙,整天忽悠,那是很久以前的事了,今天我们得到了很好的尊重。"熊猫说。

"你是动物明星,外交特使,待遇当然不同。可我们不一样,上回遇到一个远亲,好端端的就没了一只手。他告诉我说主人是个瘸子。少了一条腿的人耍少了一只手的猴子乞讨起来更容易些。"

清高孤傲的查理不想再听下去,他把反抗的绝食变成了无声的求死,昏昏沉沉地睡着,而且不准备再醒来了。

这是一个黑暗的通道,看不见光明,他也不想寻找出口,寻找主人。

突然，一缕光线在他眼前越来越亮，两扇门打开了。

门外是一个巨大的圆形比赛场地，像古罗马斗兽场，观众围成圈儿坐在台阶上，所有人都在叫骂："笨狗！笨狗！笨狗！"一边骂一边朝他扔来桔子皮、番茄、鸡蛋……查理被那些恶心的酱汁弄得更加脏臭了。

"汪！汪汪汪！"

查理不停地朝王妃哀求着，但不管他怎么哀叫扑腾，王妃还是在侍卫官们的簇拥下快步离开了现场，只留下他独自面对疯狂的人们和刺耳的噪音。

这噪音很怪异，半昏迷中查理感觉到，好像是什么尖锐的乐器对着自己的脸吹响，接着又有"哐哐"的金属敲击声在耳边炸开……查理不情愿地睁开眼，一双发绿光的眼睛正极近距离地盯着他。

"世界上最伟大的狗，你要睡到什么时候？！"

一只花脸猫看到查理睁开眼睛，急忙装模作样地咳了咳，扯着嗓子自负地吼着："奏乐！"

查理还没闹明白他在对谁说话，花脸猫已经转过身，换上一副谦卑的表情："对不起，博士先生，也许吵醒了您，这是我专门组织的仪仗队，欢迎您访欧归来。"

月光下，查理惊奇地看到一只只老鼠排着整齐的队伍，敲锣打鼓地从地板下走了出来，看来他刚才在梦里听见的怪异噪声就是这些小家伙们搞出来的。

花脸猫尽职尽责地解说道："请看，在您的关照下，这些弱小的动物生活得多么快乐！"

查理依然不清不楚："可这和我有什么关系？"

查理的反应让花脸猫感到奇怪，但他依然恭敬地说："您知道猫族自古就是老鼠的天敌，但按着您的指示，我没伤害任何一个。他们该是世界上最幸福的老鼠！"

花脸猫是一只无家可归的野猫，为了得到剩余的食物经常出入马戏团，给这里的动物演员拍马屁。他把查理当成了博士而大献殷勤。

查理明白了，他纠正道："你搞错了，我不是'博士'，是'爵士'。"

"不是博士？"花脸猫愣住了。

小老鼠们的敲敲打打也戛然而止，一时间房间里安静极了。

"不是博士？！"花脸猫谦卑的态度瞬间改变了，"那你是谁？胆敢在这里冒名顶替大明星博士先生？"

面前这条狗，不是能带给他食物的博士，花脸猫自然没有必要巴结。

查理回答："我叫查理，是一只贵族狗，祖祖辈辈都住在皇宫里。要不是因为和博士长得太像被搞错了，我才不会来到这个鬼地方！"

"你住过皇宫？"

"信不信由你，我到过欧洲所有的宫殿。"

"那里面一定有各种美味的鱼！"

说到食物，花脸猫开始两眼发亮流口水，作为一只经常饿肚子的流浪猫，他对食物有着特别的感情。

"当然，何止鱼！山珍海味！"

"能带我去吗？"花脸猫开始想入非非。

"不能，我被关在这里。"

"这个好办，可是如果我放你，你出来后会不会变卦呢？"猫性格多疑，从不会相信任何人，尤其是随时翻脸的狗，只要出了笼子就可能拿出欺软怕硬的天性。

"你小看人。"查理几乎跳起来，"狗的天性是忠实，我是贵族血统，世代信守承诺！"

"那就请你用贵族的名誉发誓，出了笼子一切听我的指挥，否则永世无家可归……"花脸猫想出了一个坏主意。

"好吧，我发誓，只要不是伤天害理，我就听你的。"为了走出笼子，查理发了誓，一个屈辱的承诺，而且在以后的日子中，用狗的诚信，而不是贵族的名誉遵守了自己的誓言。

"哈哈哈哈！没想到我也有指挥狗的一天！"得意忘形的花脸猫手舞足蹈地指挥着小老鼠，"小的们，把禁闭室的门咬穿，让我们可怜的'贵族'出来！"

从仓库最高处的一扇窗户里射进的灯光，正好照在查理囚笼前面的地板上。能够咬断钢筋的老鼠们在花脸猫的监工下轮番上阵，啃咬着木制的笼门，木屑像沙漏里的细沙嚓嚓地落在地面上。

在这期间查理全身的细胞都睁着眼睛，他的耳朵竖得老高，几乎能听见墙角里蜘蛛吐丝的声音。

查理重点监听着狮笼里的那个女驯兽师，今天是她与狮子同睡的第二天，昨天一宿都没敢合眼的她，此刻居然睡着了。

狮子也睡了，但这对查理来说无关紧要。

一根烟的工夫，老鼠们已经咬开了一个洞，并不是很圆，因为在死神监工下画的圆，一定不圆的，包括阿Q画的那个。

　　查理伸出了头，这是关键，对于大部分哺乳动物来说，头能出来身子就一定能顺出来。

　　查理爬出来了，跟着比他动作还要轻的花脸猫穿过灯光。人没有醒，兽都醒着。黑暗中，查理发现困兽们的眼睛都睁得大大的，像一盏盏红、黄、绿的灯泡，原来他们都在注视着这个脱离了牢笼奔向自由的生灵。

　　查理真怕他们出声，可是没有，因为他们不是人，也不是出卖给人类的狗，只是蛮荒中的兽，不懂人的游戏规则，也就不会坑人，只是碰巧倒霉，和人类居住在同一个星球上了。

五

逃脱的日子，是一个雨和雪下到一处、泥和水踩在一起的日子，到处都湿漉漉的，酸雨像撒不痛快的尿液从黑漆漆的天空滴淌下来，落在行色匆匆的人们的衣服和头发上。

查理的右前爪在慌乱中不知踩到什么，扭了一下，生痛，好在他没有把重心全放在那只脚上。

毛已经开始粘在一起的花脸猫顺着墙根儿猛跑，查理忍住前足胀痛紧随其后。

"马上到了，我有一个宫殿，清洁干燥，在里面风吹雨打都不怕。"花脸猫显得很兴奋。

不一会儿，查理跟着花脸猫闪进一幢没有门的房子，确确实实是水泥建筑，虽说不是宫殿，但是瓷砖铺地。

鼻子告诉查理，这是一间公共厕所。都说狗改不了吃屎，查理一点也不理解这句话的含义。他从来没有吃过屎，就像他从来没到处拉过屎一样，这不是一个本性难改的问题，只是一个环境习惯的问题。让查理改不了吃的是吞拿鱼，王妃为他亲手切好，一块块，红嫩嫩的，爽滑可口，色香味俱全。

查理和花脸猫使劲抖着湿粘在一起的皮毛，然后蜷曲在厕所的一个角落里，准备睡觉了。

查理从来没有在这样的地方睡过觉，阵阵刺鼻的气味飘进嗅觉神经。他想到自己卧室里的席梦思床，眼泪都快掉下来了。对于一条狗来说这里算什么？卧室？厕所？还是餐厅？

他默念着："谁说的狗改不了吃屎？太可恶了！"因为查理真的害怕有一天自己要改吃屎了……

一束明媚的阳光穿过天窗，照射在查理惺忪的睡眼上，花脸猫慵懒地在地上打了几个滚，伸了伸懒腰就是不想起来……

忽然门外传来脚步声，"咯噔、咯噔、咯噔……"越来越近了，查理和花脸猫屏住呼吸，心脏"怦怦怦"越跳越快，眼睛紧紧地盯着厕所门，做好随时逃跑的准备。

门外，一个老伯推着清洁车，蹒跚地向厕所内走来了。他缓缓地从车上装满水的桶里，拿出一个拖把，埋着头，慢慢地拖着厕所的地板。虽然老伯的动作很慢，也足以把查理和花脸猫吓了一跳，趁还没有被发现，他们一蹿三尺高，跳上了厕所的窗台。查理和花脸猫沿着窗台向前走着，查理小心翼翼踮起脚尖，贴着窗子，花脸猫则是弓着身子慢慢地跟在后面。查理向前迈了一步，扭伤的右前脚没蹬好，身子摇摇晃晃差点跌下来。好不容易，他们爬出厕所的天窗，来到了屋顶上，此处不算高，但上房不是狗的特长，查理还是有点眩晕。

忽然，强风乍起，把一只学飞的小鸟吹得东倒西歪，张着翅膀，向屋顶冲过来，跌跌撞撞地落在了查理和花脸猫身后。由于风大，小鸟着陆后，依然无法停止，继续旋转了几圈，在地上滚了很远。但是他并不气馁,慢慢爬起来,梳理好凌乱的羽毛,拍了几下翅膀,又向更高的楼顶飞去。

查理和花脸猫很是惊讶,顺着小鸟的方向看了过去。

"咦?天上飘的是什么?不像是鸟啊?"查理突然发现蓝天白云中飘拂着许多黑点。

"那是风筝。"花脸猫也看见了。

"风筝是什么?"

"真笨,风筝都不知道,看来这回我是自讨苦吃了,找了个白痴。"

"对不起,我真的不知道。"查理没见过风筝。

"一个傻瓜提出的问题,十个聪明人也解答不了。怎么和你说呢?风筝是飞翔的梦想!"

"飞翔的梦想!"查理低声重复着,扬起头久久地凝视着天空。

接下去的几天里,花脸猫领着查理在街道上溜达,熟悉环境,熟悉新生活。他教给查理如何顺着灌木丛穿越栏杆安全过马路,告诉他哪里饭店林立,容易得到食物,哪里又有干净的饮用水。

"能遇到我,你真是三生有幸。要知道我是老虎的老师,从来不收笨学生。就像博士生导师不收小学生一样。"花脸猫炫耀着。

查理一声不吭地听着。

"一个生命,死了一回是什么样子?

回答是:不可能再像以前一样活着!"

这些天，查理进行着价值和道德概念的重新定位，每个死里逃生、从绝望中走出来的生命都会这样。

曾有人调查那些废墟里埋过的人，他们说重新定位不可回避，不知不觉主导行为方式，威力堪比基因对生命的先天设定。

首先会无条件、不计理由地感激救命恩人。

查理就是这样对待花脸猫的，尽管他不好，不对，很多地方不如自己，甚至无理取闹，查理还是顺从他。

不再迷信任何人，大难临头全靠自己。

永不原谅灾难的制造者。无论是天灾，还是人祸，都会和肇事者作对到底。比如说现在的查理见了笼子就想打开，就想放飞里面的生命。

当然生理、心理上还会反应出享受生命、善待自己，以及赶快娶媳妇之类因人而异的表达。

查理正在慢慢适应一种全新的生活。在王室里，查理是自由的，但那是王妃庇护下的自由。现在则全完不同，是距离产生的自由。他是局外人，没有进社会，也不扮演角色，或者说只扮演旁观者的角色。老百姓说"旁观者清"，大师说"审美需要距离"，距离能产生自由和自由的判断。查理正在发生改变，应该是向聪明方面的改变吧……

打了几天野食儿，查理的体力恢复过来了，花脸猫开始带着他走街穿巷接近皇宫。完全没有在外面生活过的查理，显得十分笨拙，一点也不会躲避车辆、行人。幸亏有花脸猫领着，好不容易，才到达了巍峨的紫禁城。

他们躲在午门高大红墙的拐角处，窥探着一百米外人群进进出出的大门口……

"白天从大门进入是根本不可能的!"花脸猫已经认定了这一点,那里是来来往往的人腿森林,而且门旁还画着不让宠物进入的警示。

查理看惯了守在带有王族徽章的大铁门外面,等待进入宫殿的人群,但是绝没有这么多!十倍于欧洲。

进不去皇宫,查理感到羞辱。在欧洲,他总是随着王妃的专车从大门进入皇宫。每逢这种时候,他都要把脑袋伸出窗外,摆出一副庄严的表情,一是让挡在门外的群众看到自己,二是检阅那些举枪敬礼的士兵,尽管他们是在对王妃敬礼……

第二天,花脸猫决定夜闯皇宫。天色暗下来之后,他带着查理顺着巨大青砖砌成的灰色高墙和迎春花丛连成的不高不矮的灌木屏障,一路小跑,迅速接近皇宫。

迎春花开得很艳,那种用生动的黄色先于绿叶占满枝头的花朵,显得热热闹闹。

大门到了,入夜,圆圆的月亮挂在紫禁城斗角上,巍峨的皇宫外,一只贵族狗和一只流浪猫仰望着高大的城楼。

在昏黄的灯光下,他们缩到墙边耐心地等待着门被推开的机会。朱红的大门上遍布铜钉,像拳头阵一样整整齐齐地排列,保卫着权力的尊严,显示出皇家的气度。这是一个不常关严的大门,是为在皇宫里上班的工作人员进出用的,因为查理看见有人推着自行车从门里出来。

"咣!咣!咣!"随几声金属撞击的清亮响声,一个一脸严峻的小精灵从天而降，跃到查理和花脸猫的面前。

"想蒙混过关吗？"他有一双目光锐利的大眼睛，带着怀疑一切、审视一切的眼神！

"你是谁？管得着吗？"

"我嘛！是这个世界上最优秀的门卫，龙的四儿子，大名鼎鼎的门环兽椒图。"

"门环大爷，行个方便吧！我们得了好处忘不了您！"花脸猫立即改口说。

"少来这套，从来没有谁能从我的眼皮底下溜进大门。"说着，椒图从腰间摸出两个闪光的铜环儿，"想试试我最擅长的拷人技术吗？"

"快跑！"花脸猫一声吼，查理蹿出了一丈多。他眼前黄光一闪，椒图的手拷差点套进自己的脖子。一猫一狗一口气跑出去好几百米，惊魂未定的花脸猫喘着气说："好险啊！"

"这家伙真行，我是看门狗，他比我干得还好！"查理带着行业的敬重说。

"那也拦不住我们猫，看我翻墙越脊的功夫。"花脸猫摩拳擦掌。

"那我怎么办？"比攀岩狗肯定不行。

"凉拌！你不是贵族吗？等着人拿轿子来抬你吧！"

花脸猫说罢找了个九十度的城墙拐角，几蹿几跃，就利用一点点坡度、墙壁的斑落、几株长在砖缝儿里的小树小草，爬上城头，登上了房顶。

查理仰着头看着，自叹不如。

深黑色的夜空。楼角挂在月亮里，有一排昂头小兽的身影显得雄赳赳的……

花脸猫踏上打滑的琉璃瓦，还没有喘定，就被眼前的景象唬住了。

大群疲惫不堪的鸟儿落在大殿顶上，有白鸽，有乌鸦，都缩着脖子打瞌睡。

"给我离开这里，你们这群冒犯皇权，到处拉屎的家伙。这里是皇宫，不是招待所，给我滚！"

花脸猫看见皇宫殿角上的镇角兽跳了下来，追赶着鸟儿们大声训斥着。可是鸟儿们全都不予理会，看得出来他们根本就不想伸翅膀，只想睡觉。

"你们以为有翅膀就可以不把我龙三子嘲风放在眼里吗？"

花脸猫是捕鸟高手，他理解走兽对飞禽的无奈和气恼。

突然，鸟们儿惊叫着飞起来，"扑扑扑"的一大片。花脸猫还没有来得及弄清发生了什么，早有水柱儿喷到了他的脸上。最怕沾水的花脸猫，好不容易睁开眼睛，看到那个叫"嘲风"的精灵拿着水枪像射击一样把大殿顶上的所有鸟儿都轰了起来……

"嘲风先生，尊敬的龙三子，我可不是鸟，我和你一样，是兽，用四条腿儿走路。"

"少和我套近乎！你们这些野鸟、野猫、野狗都是一路货色，给我滚……"

查理的耳朵可以听到大殿顶上的全部声响，包括花脸猫和嘲风的对话，水的冲刷和翅膀的扇动，但是他想象不出上面发生了什么。狗的天性让查理很纠结，轻松不下来。

他抬头望着月亮中的镇角兽，想起自家的皇宫楼上也有石雕的怪兽，但是查理从来没有把它们看在眼里，所以他从不知道这些风里雨里都站在那里的家伙叫什么名字，只是听说他们之中有的是天使，有的是魔鬼。可是如今自己却只能仰望着这些高高在上的成员，因为他们是皇室的一部分，尽管只是小小的、无关紧要的配件儿……

忽然有水珠儿落下来，夹带着鸟屎，这一点别想瞒过一条狗。

"月朗星稀，哪里来的雨呢？"

没容得查理细想，一团湿乎乎的东西已经跳到了他的背上。

"你这个浑球儿，不知道猫最不喜欢洗澡吗？"

花脸猫摔下来了，当然不是定点跳伞，而是侥幸骑在了查理身上。他本该说声"谢谢"才对，花脸猫没说，只是不停地在骂着城楼顶上那个用水喷他的家伙……

"可是我们该怎么办？上上下下都进不去！"查理忧心忡忡，"中国的皇宫真的很高，很难进！"他开始挖空心思地想进入的办法，这倒不完全是因为发过誓，也不是为了花脸猫有鱼吃。

查理在想："都说天下乌鸦一般黑，天下王室也一定有关系的。这样从王室到王室顺藤摸瓜就能找回自己的家了。"

"等等！让我想一想。"花脸猫不停地抖着身上的水，"有一句话好像是说，'没有什么是不可能的！'是谁说的来着？"

"耐克鞋的广告用语。"查理明确地告诉花脸猫，因为所有名牌他都熟悉。

"对！就是这句话。做鞋的都能说出来，何况我们？别忘了狗和猫是狮子、老虎的浓缩版！"花脸猫抖完了水已经开始舔自己的毛，"这让我想起了另一句名言！"

"什么？"查理听晕了。

"'为人进出的门紧锁着，为狗爬出的洞敞开着！'怎么把你的专用通道忘了？"

"不是我的，是你的，你常走那里，我从来没走过。"

"好了！好了！贵族先生，我们现在是黑狗、白狗，能进皇宫就是好狗！跟我走吧！"

在一个城墙拐弯的地方，他们找到狗洞，低矮而潮湿。

"为什么选这里？"查理问。

"因为脸皮厚啊！"花脸猫扭动着五官，让人看不清他花脸的真实表情。

"狗洞，请进吧！前面带路！"

查理耷拉着脑袋，不想争什么，他认真履行着自己的承诺，"一切都听花脸猫的"。

查理匍匐着前行，那洞勉强容得下中型犬的身体，拱了一阵子他到了洞口，同时鼻子也碰到了铁网上。

"真是戒备森严，连狗洞都堵上了！"查理心想。他用了多一倍的时间才从洞里退回来。

天无绝人之路，正在他们束手无策的时候，夜风裹着迎春花（也许是丁香花）香，传来了鼓乐之声，有念经一样的旋律在齐唱:"龙生龙,凤生凤,老鼠生儿打地洞……"

远远的,一队老老少少的耗子抬着一顶小红轿,吹吹打打地走了过来。也许他们沉浸在欢乐中,也许他们的位置是上风头儿,所以没有闻到猫的气味。

花脸猫一下子就神气起来,他拦下轿子。

"乔迁之喜啊!怎么也不通知我一声?"

领头的老耗子急忙放下手里的喇叭,唯唯诺诺地答道:"猫大人,我们不是搬家是嫁闺女!真要溜走,哪能吹吹打打的?"

"这倒也是!"花脸猫说。

"我们的亲家在皇宫里,现在是把新娘送进去。"

"可是门被封了。"

"这对我们不是形同虚设吗?"

"好啊!今天我们这两个狮子、老虎就给你们捧捧场,一起进皇宫去沾沾喜气。"

"那我闺女可是三生有幸,明儿个一定能当鼠皇后!子孙满堂啊!"

"多生多生,多多益善嘛!"花脸猫心花怒放之际连肺腑之言都对老鼠说出来了。

查理和花脸猫终于装成老鼠的亲戚混入了壁垒森严的紫禁城……

六

"好大的广场!"查理心中在惊叹,从狗洞到距离最近的房子也要有百米左右,相当于横穿欧洲最宽的马路香榭丽舍大街。皇宫内静悄悄的,只有殿台亭阁高大雄伟的身影蹲坐在夜幕下,像睡着的巨兽。

查理和花脸猫迅速向最近的房子接近,他们相信自己超群感觉器官的判断力。一切都睡着了,在这座宫殿里只有一猫一狗是清醒的……

"我要拉泡屎!"花脸猫跑到庭院的中央突然停下。

"为什么要在这里?"查理质疑,尽管他自己也非常想拉。

"痛快啊!天做房子地做坑,在宽大空间里发泄多爽啊!"

"要去该去的地方。"查理嘴里这样说,心里却在想,"难怪豪华住宅的卫生间都特别大。"

"管天,管地,还管拉屎放屁吗?我就要爽他一下……"花脸猫坐起后腿开始拉。

查理真的也想拉了,打哈欠都能相互传染,更不用说拉屎撒尿。想一想,自己已经好几天没有排泄了。

查理记起巴黎满街的狗屎，困扰多年。是给人的自由太多了，延伸到狗身上就变成了肆无忌惮。内在原由似乎和花脸猫说的恰恰相反。

"大胆毛贼！"随着一声喝令，黑旋风中冲出一个身强力壮手拖金环大刀的精灵。

"哪里来的野猫野狗，竟敢在此随地大小便！"

"实在是憋不住了！我把它盖上就是！"花脸猫吓得急忙用后腿蹬土试图把屎盖住。

"想用猫盖屎的假着子来骗我龙五子睚眦吗？"话音未落，金环大刀已经当头砍下来。

花脸猫一个"灵猫扑蝶"躲了过去，和查理一起发足狂奔，冲入回廊，睚眦一刀紧似一刀地攻击，查理和花脸猫使出浑身解数，腾、躲、挪、移，绕柱穿花地闪避着。

突然他们发现一扇朱漆雕花的大门虚掩着，就一前一后地钻了进去。花脸猫是一跃而进，查理断后，他在宽宽的门槛儿上站了片刻，确认没有被睚眦发现，才跳进门里。

突然大殿上灯火通明，大门在背后"啪"的一声紧紧关住。

"不好！你这只笨狗，进门时为什么要踏门槛儿，这不是给自己找坎儿吗？"花脸猫哭丧着脸抱怨。

查理一头雾水："门槛儿，不就是给人踩的吗？"

不等查理说完，只见大堂交椅上一个一脸严肃的精灵将手中惊堂木在桌面上使劲儿一拍："大胆猫狗，竟敢私闯紫禁城，论罪当斩！"

"什么？斩……斩……斩首？"花脸猫瘫倒在地上。

"斩首是什么？"查理不明所以地问。

"就是把脑袋砍下来！笨狗！我真的后悔认识你。"

"只不过我龙六子狴犴一向以审案公正名垂青史，念你们主动投案，有自首情节，所以可改判'秋决'，现暂押狱中……"

花脸猫听说可以不马上死，急忙"喵喵"地谢恩。

"秋决是什么？难道是罚我唱那首法国名曲'秋叶'吗？这可难不倒我！王妃整天唱那首老情歌，尽管我更喜欢摇滚。"查理心理琢磨着，嘴里就唱起来，因为他是个音乐迷，是王妃的粉丝。

琴声随着查理的歌声响起来，是那样的幽怨，绕梁三日都赶不走。

琴声中走出一位精灵，手拉一把胡琴，全身带着旋律，他旁若无人地径直走到查理身边，两个人完全沉醉在音乐之中，原本端坐在座上的狴犴站起身，睚眦也放下了手里的大刀……

一曲"秋叶"之后，歌手和琴师紧紧地拥抱在一起。

掌声响起来，不知道什么时候，九个神态各异的可爱精灵已经来到房中。

琴师自我介绍："我叫囚牛，是龙老大，他们八个都是我兄弟。知道为什么我是老大吗？因为'乐能和众'，在音乐面前生灵平等，没有高低贵贱之分。"

"难怪歌星这么火，跨国界，跨时空！"查理在想。

"从歌声中我已经听到了你那颗勇敢的心……"

"太高兴认识你了，囚牛大师，从来没有一位琴师能把'秋叶'这首歌拉得这么好。"

"在这深宫中，能让音乐窒息，近千年也没有遇到一个像你这样的知音。"

"音乐应该走向广场，走向大众，像迈克尔·杰克逊那样。"说到兴处查理跳起太空步……

囚牛的琴声马上伴奏起来，查理真想不到囚牛的现代摇滚能演奏得如此之好！

查理越跳越来劲，旋律和节奏的感染力，让花脸猫和龙子们都激情地手舞足蹈起来。

就这样，查理和龙九子成了铁哥们儿，他们决定全力以赴帮助查理找到东方皇族和西方王室之间的关联。

良宵苦短，狂欢的夜晚从来都过得很快。当太阳出来的时候，龙子们就要各就各位去扮演不动的雕像了。临别之前囚牛把查理和花脸猫托付给七弟、八弟、九弟，安排他们去蒲牢的大钟里、狻猊的香炉下、霸下的石碑上暂避休息，等月亮升起来的时候再相会。

"去我那儿吧。大钟下面是睡觉最好的地方。避风挡雨，冬暖夏凉，光线更让人昏昏欲睡。"龙七子蒲牢说。

"七哥那里要是没人敲钟当然好，如果鲸鱼槌一撞，能把耳朵震聋！"好静不好动的龙八子狻猊说，"我那寺庙里是清静之地，在香炉下面和我一起休息，会有薰香入梦来。"

"我不和你们争。"龙九子霸下人穷志短，"我那里是一片石头林子，沉得让人喘不过气来，连我这个能驮三山五岳的大力士都被压得寸步难行。"

查理不喜欢把自己的无家可归当众展览，他首选了蒲牢

的大钟。

白天，故宫变成熙熙攘攘的公园，心惊肉跳一晚上的查理和花脸猫卧在蒲牢掌管的大铜钟下面安安稳稳地睡着了。他们睡得很沉，外面川流不息的脚步声和此起彼伏的喧闹丝毫没有打扰他们的美梦。梦中，花脸猫吃到了鱼，查理听到了王妃的呼唤……

突然，暴雨瓢泼，雷声滚滚，听觉灵敏的查理一下子就醒了，他从缝隙里看到一个男孩把尿浇在钟上，滴到自己的鼻子上。而男孩的父亲，正在敲击着大钟。查理听到他的豪言壮语："要让警钟长鸣！"

查理和花脸猫急忙从钟下溜出来，钻到不远处龙八子狻猊支撑的香炉下面，他们伸伸懒腰打打哈欠，换了个姿式倚着香炉腿接着睡回笼觉。树上的知了和远处的嘈杂没有影响他们的睡意，很快就又双双进入梦乡了。

"着火了，快逃啊！"花脸猫惊叫起来。

查理第一时间逃离，但还是被烫到了屁股。

正值过大年、烧大香的日子，各色香烛插满香炉，烟裹着火升腾而起，到处弥散着香料过量焚烧发出的辛辣刺鼻，令人轻度窒息的气味。花脸猫带着查理跑了好一阵才躲开窜动的人群。

看到香火鼎胜，排队跪拜的景象，查理惊呆了。飘渺神秘，冉冉升起的青烟，是被人类选作与上天、神灵沟通的最好媒介。如今烽火台般狼烟滚滚，那就不是沟通而是报警。"地球被折腾得差不多了。"

树荫下，红墙边儿，他们终于找到了一个安静的去处，这里石碑成林，一块块巨大沉重的石头上刻着比石头还沉重的人类历史，把能扛三山五岳的龙八子霸下压得动弹不得。那是人类祖先们字字千斤的教诲。"人之将亡其言也善"，但"不亡者"往往是无暇看"亡者"的善言的。所以这里很清静，查理和花脸猫终于可以趴在霸下的背上安稳地睡到了日落西山。

七

太阳一进地平线,紫禁城立刻变成龙九子的天下。以龙族自居的皇帝离开了,当然要把房产托管给自家人,于是龙九子就成了这座宫殿的守护精灵。

兴致勃勃的囚牛带着兄弟们把查理团团围住,抑制不住的兴奋让他们你一言我一语。

"我的二弟负屃是个大学问家,他查阅了宫中的所有文档,找到了和你有关的重要信息。"

"真的吗?他真的是皇亲国戚吗?"没等查理开口,花脸猫先蹦了起来。

"那当然!"

"他应该是贵族!"

"我们只为贵族服务!"

"因为我们也是龙种!"

龙子们七嘴八舌。

"看来我的运气不错。"花脸猫说。

查理有点莫名的紧张,找到了线索自然是好事,但是他真的想不出自己和这完全陌生的宫殿有些什么样的瓜葛，会不会让他当众出丑。

"是什么样的信息呢？"查理犹豫地问。

"这我还不知道，我只是在皇宫上万件的典藏中检索到了有关贵族狗的卷宗，详情还需要你亲自去查验才是。"文质彬彬的负屃咬文嚼字地说。

"现在天已经黑了，我们马上跨过金銮殿进入后宫。"大哥囚牛说。

在龙子们的引领下，查理和花脸猫进了金銮殿。一把龙椅，端端正正地供在大殿的高台上。

花脸猫一边在地面上打出溜儿一边说："原来皇帝办公的地方真的是金砖铺地呀！"

查理几乎被泛着金光的地面晃花了眼，他急切地围着大殿里顶天立地的柱子绕来绕去，用鼻子闻着。他知道公狗和人都愿意把排泄物撒到柱子下面，这样似乎才能靠得住。可是闻了好一会儿，也闻不到狗尿和人痰的历史气息。看来这是个神圣高贵，专属于皇帝的地方。

"皇帝随地吐痰吗？"他突然把百思不得其解的问题提了出来。

"不会吧，要吐也有太监接着。"花脸猫充行家。

"那大臣们呢？大臣要是想吐怎么办？"

"咽回去！"花脸猫毫不含糊地回答。

"原来是这样！难怪离开了皇帝，就可劲儿地吐了。"

龙九子带着他们迅速离开，尽管花脸猫还想多待一会儿。

在欧洲的宫殿里，查理也不喜欢在那间有女皇椅子的议政厅里盘桓，他也说不清楚这种情绪是为什么。如果非要一个理由的话，也许是"活物"都不想长时间待在一个不许随便的地方，无论他是否有随地吐痰的毛病。

御书房里，负贝很快从档案里检索出皇家名犬的卷宗。打开犬册，首先跃入视线的是一张旧得发黄的老照片，上面一位衣冠华丽的中国女人坐在龙椅上，一条小狗摆出当权者的表情卧在她的膝头，像是在告诉每一个人："虽然我不是人，但谁也别惹着我！"

"这是京巴犬！"查理兴奋地说，看上去和皮特有血缘关系，都是路娣的后代。"查理想起了另一张发黄的照片，挂在皇宫墙上的维多利亚女皇和她的宠物犬路娣的纪念照。

"'路娣'是谁我不知道，但这张照片上的小狗可正正经经是皇家血统，她是慈禧太后的宠物，每天太后都喂她鹿肉和鱼汤吃。"负贝目不离书地说着。

从负贝的脸上查理看到的是全情投入的快乐，比"猫吃鱼、狗吃肉"神圣许多的幸福感。查理真的很敬重他，能一目十行地读懂古中文，那种让人看到就想立正的方块字。

花脸猫用舌头舔着嘴唇，他真的流出了口水。

"她是贵族，但绝对没有我们家族的血统纯，资格老。"查理有点激动，"路娣十九世纪才入宫，而我的祖先十三世纪就已救了公主，十五世纪就被封为爵士了。"

"查理，你的画像在这里！"花脸猫看不懂中文却能看图，他利用自己体形小，蹿到桌上，像盯着猎物一样盯着书。

皇家名犬的第二页是一张画工细致的帛画，上面是一条和查理毛色相近，体形一致的狗。

"尊贵的查理先生，您说得一点都不错，您的先祖曾经救过皇帝的命，是康熙皇帝最宠爱的贵族狗。"负屃恭敬地说。

"你是说救了中国的皇帝？"查理掉进了十里雾中。

"一点不错，这幅画是康熙皇帝命人专门为自己的爱犬画的。"负屃还是一边阅读文献，一边说。龙子们用同一种乖乖的眼神仰视着查理，这是一条和皇帝有关系的狗，哪怕是死了很久的皇帝。

花脸猫回到查理身边，开始用身体和尾巴不停地蹭着查理，传递出全身心投靠的信息，猫就是用这种方式讨好人类的，这种在狗看来有点鬼祟的肢体语言方式。

龙二子负屃用阅读机的速度继续说着："祖籍关中渭河平原，陕西的轩辕，那里是祖先神黄帝辟地的帝王都，你们的名字叫'中华细犬'。"

突然，负屃停住了，开始用惊奇的眼神上下打量查理，好一会儿，渐渐地流露出恐慌的神情，然后放下手中的书，这对一个书痴来说并不容易。负屃没有转身几乎是后退着挪到大哥囚牛身边，低声耳语起来，一副事关重大的架势。龙老大听罢急忙把几个兄弟叫到一处商量起来。

查理突然感到花脸猫在打颤，他的毛乍了起来，做出了刺猬的防御动作。

"完了，一定是档案里查出了重大历史问题！这要是九个龙子一起上，我们死定了！"

突然，囚牛率八兄弟集体下拜，齐刷刷地跪倒一大片："天犬神在上，我们留守人间的龙九子，随时听命调遣……"

查理一怔："天犬神，你们开什么玩笑？"

"查理您可不是一条凡间的狗，二弟负屃已经查证清楚，您就是天狗吃日头的神犬，玉皇大帝外甥二郎神君的细犬'哮天犬'，您在天庭的时候负责统领阿修罗界各部神兽，我们'应龙'家族就是听您指挥的。"囚牛严肃地讲述着，看上去不像是开玩笑。

查理还没想好如何回答，花脸猫就开腔了："平身！"他挺着肚皮高声下令，神情活像一个职业太监。

"你们胡说些什么呀？我是查理，我要回家。"

"您不用找家了，这里就是您的家。"

"我们是皇宫的禁卫军，你就做我们的统帅。"九兄弟争先恐后。查理低头不语，他在想："狗当领导是不大可能了，又不懂厚黑学、老狐狸精学、三十六计什么的。但是狗那种忠贞不二的思维方式最适合继承遗产。"

查理知道，离皇宫不远的富人区里，就有一条母狗替代人类的不孝子孙继承了主人的财产，成为有史以来进入富人排行榜的一条狗。

"是啊犬神，我们会把您伺候得舒舒服服的。"

"是的，必须顿顿有鹿肉和鱼汤。"花脸猫又伸出舌头。

"那些不好找，但更好吃的炸鸡和汉堡包保证供奉。"

也许是兴奋事儿太多了，他们忘记了夜深人静，花脸猫"喵喵"的叫声分贝最高。

突然几道手电筒的光照了过来。"就是这条狗，捉住它！"是驯兽师的声音。

兽和精灵们猛然醒悟，这是人的世界，但幸好是黑夜，是兽的时间，人在黑夜中是很难控制兽和兽行的。

四足动物，一足跨着白天，一足跨着黑夜，一足跨着人，一足还跨着精灵。手电光中，人只能看到动物，不能看到精灵，猫和狗却能在黑暗中看到精灵，查理紧跟着龙子们猛跑，他们对皇宫了如指掌，很快就甩掉了追捕的人。

龙九子为了保护神犬，都变身成机械战斗装，结构不同，造型各异，飞檐走壁，翻墙越脊，如履平地。这让查理羡慕不已。要不是亲眼所见，他真的想象不到，这些白天看似一动不动、斑驳风化的瑞兽雕塑，还有如此的高科技、超能力。

现在，龙子们把查理当成了统领保驾护航，花脸猫也朋为友贵，被重点保护。

龙生九子，子子不同，各怀绝技的龙九子，转眼间已把查理送到了紫禁城最高宫殿的房顶上。

龙子们的来到，让在大殿屋顶上栖身的活物们四散奔逃。黑眼睛的乌鸦扑扑棱棱地飞起一大片，落到宫墙边一排高大杨树的枯枝上，在巨大圆月的怒视下很快安静下来一动不动了。远远望去，像是杨树冠上突然长满了黑色的叶子……

居然有一只灰色的鸽子没有飞走，他干瘦的身子孤伶伶地立在宽大的房脊之上。

"大胆妖鸟！见了犬神敢不回避！"负责屋顶的龙三子嘲风喊道。

"这条狗，我们认识，老朋友了！所以才没飞。"

查理愣了一下："你认识我？"

"是啊！博士你真是贵人多忘事啊。十天前，我还在欧洲的皇宫广场送给你一大块面包呢？"

"面包？"查理意识到，他又认错人了。

"你怎么跑到中国来的？我可是世界上最快的信鸽'灰王子'，那也足足飞了十几天啊！"

查理知道这只鸟是遇上博士了，"我不是博士，但我认识他。"

"噢！简直太像了，能骗过我和鹰眼一样的眼睛。"

"到底哪儿像呢？难道就没有一点儿区别吗？"查理还在纠结这个问题。就是这个问题让他落到今天的地步。

"主要是神似，一看就是一条游街狗。"

"混蛋贱鸟！你敢污辱贵族！"龙子们齐声吼起来，尤其是蒲牢的声音，比钟鸣声还响，吓得鸽子直往后躲。

"我不是贱鸟儿，是神鸟，大洪水之后是我给人类叼来了幸运的橄榄枝。那些黑眼睛的乌鸦才是贱鸟儿，它们只会叼来淤泥。要是红眼睛的就是青鸟了，也是能给人类带来幸福的神鸟……"鸽子一边说一边向旁边横移，当他判断好能起飞的距离，就猛地张开翅膀飞跑了……

"这里是安全的。"嘲风说。

"可是我不能老待在这里！"查理说着抬起右前爪，跑得太急，受伤的脚又麻又痛，站在房顶琉璃瓦上很不得劲儿。

"我看不保险，什么事都可能发生！"花脸猫说。

"没关系,有我在!"一只挂在斗角上的大风筝随风而起,"在这么大,像航母甲板一样的宫殿房顶上,当然要备有舰载直升机了。只要解开绳子,我随时可以把你们送走。"

"你是什么人?"花脸猫替查理挡驾。

"我叫沙燕儿,一只断了线的风筝,很高兴认识你们。"

沙燕儿风筝外形像一个"大"字,头是燕子头的平面变形,眉梢上挑,两眼有神,再加上那对剪刀尾巴,使人看上去就会想到燕子,而且比真燕子更有视觉冲击力。

嘲风一脸歉意地对查理解释说:"真对不起,他不是鸟,是一个玩偶精灵,我们管不了精灵。"

"断了线儿的风筝?这有什么了不起!"花脸猫一副猫仗狗势不屑一顾的口气。

"这你就不懂了!断了线的风筝才了不起呢!"沙燕儿挂在众人头顶上得意地说。

"为什么呢?"花脸猫这个问题代表了所有人的意思,大伙一起把视线投向沙燕儿。

"见识多,经历多呀!可以到处飘……你们听说过这句名言吗——旧时王谢堂前燕,飞入寻常百姓家。"沙燕儿在查理他们头上晃过来晃过去地说,"其实我来皇宫,也是为了常回家看看……"

"闭嘴!别瞎忽悠了!"学问最高的龙二子负屃喝住了越侃越不知道东南西北的沙燕儿,"王、谢又不是皇上,你回个屁家!他们只是晋朝的两个有钱的大臣。"

沙燕儿晃不下去了,开始下坠,在他躲到屋檐下之前,嘲嘟嚷嚷地说着:"其实我的意思是,让你们去庙会,如今皇宫已经不行了,最火的地方是庙会。"

没有谁还听沙燕儿说什么,也不会有人在意一个已经被戳穿的骗子……

八

在最高处的斗角上,查理紧贴着镇角兽嘲风站着,他庄严肃穆地一动不动,像是飞檐上多出了一尊雕塑。

脚下金黄色的瓦顶,在星光下一望无际地铺展开去,宏伟的皇城在人造光源的闪映下泛出暗绿色的光。古老的建筑群像一个坚固的军团,相互之间以红墙走廊连接着空旷的庭院,最小的院落都比十个篮球场大。

查理心里在和自己住的皇宫作比较:"中国的皇宫更大,更高深莫测!"

在这凝固的一瞬间,他大约体会到了守望这里的龙子们,他们是要把这种不平凡的恢弘,这种居高临下的威严永远守望下去……

"真的不可思议……你们把没有皇帝的皇宫守护得如此严谨,有形的、无形的、会动的、不会动的全体总动员,真的是一种无处不在的捍卫!"

"没有用的!当年明朝皇帝朱棣把我们困在凡间各司其职,就是要为帝王守护皇权。但是几百年过去了,我们明白了一个道理，一个人说了算的权力是守不住的。"大哥囚牛无限感慨地说。

"也许错不在你们，是生命不容忍成为雕塑！生命认同的意义是去寻找新的开始……"

"不要理那只猫，抓住那条狗。"有人摸上房来，手里拿着电筒和套狗工具，大呼小叫着。

人的出现让龙子精灵们瞬间消失。未经特别许可，他们是不允许在人类面前现形的。

沙燕儿突然从屋檐下冒起，危难时刻，一副不计前嫌，该出手时就出手的英雄豪气。

花脸猫三蹿两跳就到了沙燕儿身边。"快走！"他对身后的查理发出了指令。查理正被几道强光射住，眼睛看不太清，但耳朵明确地告诉他花脸猫和风筝的位置，他知道只要一个扑跳就可以到位。

"查理，查理……"是女驯兽师在叫他的名字。接下去她说的话查理听不懂，但可以肯定是人类充满友善的呼唤。要是在以前，查理会高兴地跑过去，因为他本来就是一条对人热情的狗。可现在不同了，流浪生活让查理在想一个问题："被人拴着是不是一件好事？"

"查理，查理……"女驯兽师还在叫。查理回了一下头，看到的是举着套狗夹子凑近的男人。他毅然决然地纵身一跃，以猎犬的精准抓住了沙燕儿风筝。

线是花脸猫咬断的。一阵劲风吹来，沙燕儿乘风而起，一越已是数十米高。他带着两只小动物飞向夜空，把几个无奈地吆喝着的人类留在了房顶上。

"飞起来了！"花脸猫兴奋地叫着。查理却不敢睁眼看。

猫是走兽中最不恐高的动物，坚信自己有九条命，摔不死的。

飞是件了不起的事儿，生命的造反行为，背叛着地球引力，而且智慧含量很高。本来规定是在地上走的，走过来走过去在迷宫里绕不出，但还有一个解决办法就是飞或者叫升，用改变维度去解决问题。

沙燕儿扶摇直上，很快飞进了紫禁城外的广场上空。

身边出现了各种各样的飞翔物，有蝙蝠、鹞鹰、凤凰、仙鹤、飞天蜈蚣、蜻蜓、彩龙……居然还有闪着彩光的风筝，夜空中很容易被人误认为UFO。

早春二月，夜练、晨练的人们，正是春风得意放风筝的好日子。

查理他们飞进了风筝阵中。

"伙计们好！有线牵着，也可以飞得很高吗？"沙燕儿问。

"只是不能感受想飞哪儿就飞哪儿的自由。"风筝们回答。

"我们能！"一群鸟飞过来。

"你们是恐龙嘛！有足够的时间进化出翅膀来。"沙燕儿说。

"那你是谁？你怎么也会飞呢？"鸟儿们问。

查理觉得有一大群鸽子把他前前后后地围住了，有一只淘气的还叼他的尾巴。

查理赶紧把尾巴夹起来，心里还在放不下一个问题："驯兽师怎么会知道我的名字？"

天开始蒙蒙亮了,城市的高楼大厦,汽车街道渐渐清晰起来,花脸猫欣喜地东瞧西望,查理也悄悄地睁开了眼睛。突然一阵怪风,"哗"的一声将沙燕儿高高吹起,抛向空中。查理和花脸猫吓得哇哇大叫,急忙紧紧抓住沙燕儿,惊出了一身冷汗。

查理不知道真正的危险还在后面。随着天光越来越亮,沙燕儿的精灵能量就越来越弱了,已经无法控制飞行。当第一缕阳光直射到风筝上的时候,"沙燕儿"见光死,顿时变成了一张纸片,打着滚儿一头栽向了地面。

查理完全傻了,脑子里只来得及闪现出一个念头:"难道就这么完了……"

"嘭"的一声,查理跌在一个帆布搭的大棚上,弹起老高又摔下来。

花脸猫要好得多,几个连续的三百六十度翻腾,居然是四只脚着地地落在大棚上,而且第一时间抱住了支棚子的竹杆。

好大一片蓝色的帐篷,帐篷下是一个挨着一个的零售摊位。摊位前面人声鼎沸,喧嚣中几乎没有人发现从天而降的小猫小狗。这是人类狂欢的节日,顾不来无关紧要的其他事情。

猫有猫道,鼠有鼠道,当花脸猫和查理从惊恐中平静下来之后,他们选择了自己的最佳路线。花脸猫恢复了自信,他带着查理钻进排满商品的桌子下面,这里简直就是他们的林荫大路,可以在下面闲庭信步,人类是进不来的。顺着这条VIP通道,花脸猫带着查理逛起了庙会。

摊位上,有民间艺人当场献艺,多是些六十岁以上的老人。他们用像孩子一样专注的眼神盯着自己手里的绝活,那是他们祖上几百年,甚至上千年传下来的手艺。不一会儿,一件件生动的民俗作品呈现人们眼前:剪纸、农民画、面人、泥塑、木板年画、马勺脸谱、皮影、布艺……围观者都伸长脖子观看着,口里还不住地啧啧称赞。

引人入胜的还有老腔、唢呐、秦腔、提线木偶、中华武术、飞车走壁、上刀山、变脸吐火。查理瞪大眼睛看着这一切,怎么也想不通戴着面具怎么还能喷出火来。

查理跟着花脸猫穿过跳大绳、滚铁环、夹沙包、踢毽子、骑驴、斗鸡、猜灯谜的人群,一边走一边东张西望。这时,查理听到不远处传来阵阵掌声。走近一看,发现是空竹表演。表演者用一根棉线牵着两根竹棍,把一只空竹抖得呼呼作响。那空竹仿佛活了一样,时而穿挡,时而掠头,忽然又飞在半空中,转眼又陀螺般旋在地上……在棉线与竹棍的拉、扯、抛、甩之间,演艺出转圈、跳跃、串绕等花样繁多的变化。

周围响起了热烈的掌声,可表演者似乎并未尽兴,他一会儿把旋转正欢的空竹放到了帽子上,一会儿又用一只手背托住旋转的空竹,然后成单手倒立,观众都看呆了,相机的闪光灯亮成一片……

生长在欧洲的查理从没见过这些,他兴奋不已。

远远的,查理闻到麦芽糖的香味儿,那是从吹糖人儿的挑子边儿传来的。这种味道总是能吸引孩子们的注意,他们兴奋地围在那儿,争先恐后地要求吹糖人儿的师傅吹出自己喜欢的宠物。这么多的要求,先满足谁呢?吹糖人的师傅自有办法。他让孩子们排队拨动箱子上的一个转针，针指向什么就捏什么。第一个男孩转到了一个舞狮，这可是"天门糖人"中的代表作，吹起来可不容易。不过，吹糖人的师傅却毫不含糊，只见他拿起彩色的麦芽糖又吹又捏，不一会儿，一只红头绿耳、翩翩起舞的狮子呈现在面前。孩子们欢呼着，你传给我，我递给你。

　　吹糖人儿的老人看着这群生机勃勃的孩子，眼中却流露出一丝丝落寞的神情，也许他在想这些孩子中还有人愿意和他学吹糖人儿吗？

　　不知过了多久，空气中飘来食物的香味。查理和花脸猫逛累了，也溜饿了，他们走出了商业娱乐区，进入饮食区。

　　一看到吃，花脸猫来了情绪。他如数家珍向查理介绍北京小吃，大串的冰糖葫芦、好吃不贵的羊肉串、豆汁儿、炒肝、卤煮火烧、炸油条、切糕、爆肚儿、炸酱面……花脸猫吹牛说这些京城名吃，他都尝过了。

　　听上去不错，但查理是通过鼻子判断食物的，他只接受了几块羊蝎子，超强的嗅觉告诉他，这些羊骨里面没有瘦肉精，除了有点太咸，基本上是安全的。他把麦香鱼和炸鸡让给了追时髦的花脸猫。

　　吃饱了的查理挺直了腰杆儿，开始环顾四周。庙会上的狗们也都发现了查理，并被他的出现惊呆了。尤其是那些从国外引进的高档狗，他们没有想到在中国的庙会里能见到来自欧洲的贵族狗。狗们都多多少少知道中华细犬的威名，十三世纪跟着成吉思汗进入欧洲，所向披靡，后来成了王宫的贵族狗，就连最出名的灰狗大巴车都印着他矫健的身影……尤其是查理，世代的优厚生活，带来身体的完美发育，魅力是压抑不住的，尽管这几天饥一顿饱一顿的流浪生活让他有点憔悴。

然而此刻的查理对同类们不予理睬。他目不斜视地跟着花脸猫，步履轻盈地在人腿间穿行着，右前爪儿一点也不痛了，心中升起一种莫名的快感。这种快感在查理过去的生活中从来没有感觉到过，他觉得现在的自己和那些被有形无形的绳索拴住的同类们，活在不同的境界中……

只是短短几天的流浪，查理就不想走进一个人类的家庭了。他开始意识到，人类的那个家不是个什么太好的地方，为了一口饭，一点强者的庇护去学会服从，学会扮演一个人类需要的角色。

人类家庭是不能缺少角色的。单亲家庭会被笑话，没儿没女会被笑话，没有一条狗当然不会被笑话，但还是少了那么一点点什么。

人和人再亲密也会有无话可说和不可与人说的时候，如果有一条狗就好多了。他人可能是地狱，狗不是……

查理不想回头看，却很想向前向左向右扫视。在走动的人腿中，他无意中发现了一条白色的小母狗，站在一个人挤人的摊位前。她显然也看到了查理，一双深情的黑眼睛睁得大大的。查理看得出来，她绝对没有离开摊位向他走来的意思，她似乎只想在人腿的缝隙中善意地注视着查理，表情像是看到了一个久别的好友。

这回是查理想跑过去了，要是没有花脸猫跟在身旁，他一定会这么做。他从来不愿意把属于两个生灵之间，从眼睛里面到心怀的情爱在别人面前表演，他把这看成是最大的污染和不尊重。

基本上没有人来打扰他们行进，偶尔会有盘腿儿坐在草地上或者一排排蹲在墙根下面的人指指他们，吼上两声，扔过来几根鸡骨头。查理轻轻地闪避着，基本上不改变速度地跟着花脸猫。让他稍有诧异的是"蹲"的这个姿势，以前很少见到。

查理还在纠结，驯兽师怎么会知道他的名字。但是他不会分析，狗没有进化出分析基因，大概是狗只需要服从，不需要分析。想讨人喜欢一点，顶多学学察言观色，比如从谁的手里更容易得到食物。

路边一个捡垃圾的人，过膝的汗衫上印着毕加索的画，那种屁股和脸错位处理的构图。他正从不分类处理的垃圾箱中把易拉罐儿、塑料瓶拣出来，装进一个鼓鼓囊囊的大袋子里……

接近庙会的入口了，人越来越多，随时会有东西从头上方掉下来，痰、鼻涕、烟头儿、包装纸、塑料瓶、串糖葫芦用的竹签儿，有时还会是石块儿、板砖儿，或一盆脏水。

狗的重心低于人，更贴近地面，需要随时应对从上方掉下来的东西。要知道那种滋味很难受的，叫你一刻不得安宁。再者说，从上面掉下来的东西，往往没有什么好东西。高空抛物、空投炸弹、太空陨石，即便是馅儿饼也会砸你一下。

设定为四足动物，最习惯的是对地平面的扫描，发现目标、食物、猎物、危险。对上方或下方出现的东西反应要慢很多，会是出乎意料、惊诧，需要闪避的感觉。

前面出现了一个大门，人群川流不息。两只流浪动物要想从这样密度的人流中穿过，肯定不是一件顺畅的事儿。

"停住！"花脸猫发号施令，"我们就停在这里，等月亮升起来！"

查理心中一喜，他马上收住脚，转身向后张望。他在找那条可爱矜持的小狗，可惜没有找到。一种莫名的失落让查理垂下头，但潜意识告诉他："一定还能见到她……"

"我们必须返回紫禁城。"花脸猫找到一块被太阳晒得暖烘烘的石头卧下来接着说，"有你的出身，有龙九子的帮忙，可以过上一种没有皇帝的皇家生活。"

"可是我要回家！"

"没出息，好男儿志在四方！你的祖先还不是从中国闯荡到欧洲的？人类都一体化了，何况动物？"

查理没吭声，他知道争也没用，只能听这只奸猫的，谁让自己作出了承诺？

"家的概念、领地的概念，地球物种都有，这对还是不对呢？人类先把地球霸为己有，再搞同类之间的你死我活。不善待地球，也不善待自己，更不要说善待动物了！人有权不喜欢动物，但没权虐待他们，用杀、用强加的需要去破坏他们的生存方式。这不是保护动物问题，而是能否将生命进行下去。

"人祸比天灾更可怕，天灾或者能唤起生命之间的关爱，人祸只能唤起恨和仇杀……"

　　查理在胡思乱想，花脸猫却美美地睡着了。查理看着花脸猫全情投入的睡姿，很是羡慕。一只苍蝇围着熟睡的花脸猫盘旋着，一次次试图降落在猫嘴边一颗残留的肉渣上，但每一次都被猫胡须有力的抽动惊飞了，或许这种抽动就是此刻花脸猫唯一的烦恼吧……

　　高度的疲惫与兴奋让查理很难马上入睡，他想到了皮特——皇太后的宠物犬。

　　皮特祖先是清王室的宠物，因为爱到处放电，和一只强壮冷血、不近情理的高加索伯瑞犬搞出了后代，传到皮特这一代就变成了一条杂毛狗。也许是杂交优势的原因，他聪明，更准确地说是"精明"，加之各项生理指标都不错，所以在众多的皇家宠物犬中也是个"人物"。尤其是他逮谁咬谁，以攻为守的疯劲儿，让狗们纷纷回避。凭着太后对狗脾气最高限度的容忍和轻度老年痴呆，皮特在狗中间肆无忌惮地横行着。

　　管你是个啥？绅士也好，爵士也好，骑士也好，只要你是条狗，我就咬你。

　　可以胡咬！乱咬！不分青红皂白地咬，咬你没商量！

　　可以说皮特是咬遍天下无敌手，那些被咬懵了的狗们一时半会儿反应不过来，只能弱弱地或由强渐弱地回咬几口，最后选择夹着尾巴绕开就是了。

　　其中的奥妙只有深得其益的皮特知道。一次盛宴之后，皮特多喝了几口主人们的陈年佳酿，不由自主地吐露出一些些。

当时查理就在不远处,他是滴酒不沾的,因为他讨厌失控,讨厌那些不喝酒不办事儿,喝了酒又办不了事儿,酒壮怂人胆的家伙们!查理从来认为醉酒的糊涂是装出来的,其实很明白,只是心理发泄的需要。

"要参透'狗咬狗,一嘴毛'的深刻含意。"皮特晃着膀子对身边的一群狗说,"行为艺术的要领就是'流氓会武术,谁也拦不住'。狗们是需要被咬的,尤其是在狗忘记自己是一条狗的时候。这就需要用棒子打或放狗去咬醒他。从根本上说主人有这种需求。至于我的创造性发挥,就是不分时候地咬狗,不该咬的时候也咬,因为我和主人一样清醒地认识到你是一条狗,咬你又如何,咬错了又如何呢?可是我从来不咬人,无论是好人还是坏人,倒霉的人还走运的人,先天愚型还是老年痴呆都不能随便去咬。因为人是地球的主子,咬主子后果会不堪设想,轻则被带上不许出声儿的嘴罩儿,重则被用人之道毁灭。只要不咬人,掌握好这一点,别说乱咬狗,就是乱偷食也会被从轻责罚的。"

此高论一出,狗们都趋而复之,因为他们从来没想过这其中的奥秘,更不要说托生成人去评判皮特的正确与否。他们中的大多数,只需要找到一个能强大到足以保护他们或者能唬住他们的主人就心安理得了……

每当皮特表现自己的时候,那被咬怕了的狗们都躲得远远的,到别的角落去撒尿留味儿。只有查理敢于出现,他用猎犬特有的从容和祖先遗传的骄傲,从皮特面前走过,他轻轻地来又轻轻地离去。

皮特也给查理面子，至少到目前为止是这样。在狗面前，迎头相遇，皮特没有当众撕破脸皮，至于背后搞些小动作，那是一定会的。本性难移。

查理获得尊严的法则是："不帮人下决心，也不帮狗下决心，只在自己可以寻找到的自由空间内，做好自己最想做的事情……"

当查理再一次睁开眼睛的时候，花脸猫正在伸懒腰，他把前爪尽量向前伸，后背尽量地向上弓，那架式像是要把从胡须到尾巴尖的每一个细胞都伸开后才肯罢休。花脸猫张开嘴，打了一个大哈欠，露出粉红的舌头和尖尖的牙齿，这只睡足了的夜行动物准备迎接黑暗的来临了……

让查理没想到的是天黑得如此之快，刚刚还是艳阳高照，怎么一下子就日落西山了。"大概我是睡着了一阵子，可自己觉得一直都在想东想西的，什么'天灾'，什么'人祸'，什么跟人混在一起只能代人受过……"

人类下班的速度总是比上班的速度快，硕大的一座公园数不清的大小摊位，很快就偃旗息鼓，无空一人了。时间把地球生命的表现权利悄悄地交给了动物和精灵们。

"再过一会儿，路灯亮起来，我们就去拜访玩偶世界，他们一定会告诉我们回皇宫的办法！"花脸猫睡足了，声音中恢复了自信。

九

　　花脸猫带着查理来到了一个靠近大门的摊位前，这是个卖风车的摊位，挂满了用高粱秆和彩纸扎成的风车，阵阵春风吹过，发出热热闹闹的"嘎嘎……"声。那响声很特别，是胶泥瓣儿敲击在小纸鼓上的声音。花脸猫告诉查理：风车转、小鼓响，祈福"风调雨顺，幸福和谐"；红、绿、黄三种纸条则分别象征着阳光、蓝天和大地。

　　查理发现那些白天咔咔乱叫的风车，这时却显得异常严肃，难以琢磨。许多旋转的风轮组合在一起，每个风轮中间都似乎隐着一张脸，轮换着做出各种表情。

　　"你们好！欢迎阿猫、阿狗！"这句话像合唱一样，从许多个转动的风车里，哗哗啦啦淌出来。

　　"你是谁？怎么会有这么多面孔和眼睛？"查理实在憋不住，这是个不吐不快的问题。

　　"问得好！就出这道抢答题，这么多面孔和眼睛是干什么用的？"风车呼呼啦啦地说，"如果答对了，就可以满足他的一个美好的愿望，现在开始记时，一秒、二秒、三秒……"

查理看到，众多张脸上不同表情交替出现，"喜、怒、哀、惧、爱、恶、欲"快速转换，越转越快，似乎预示着大千世界的千变万化，琢磨不定……

"找食！"花脸猫抢着说。

"错！人为财死鸟为食亡！玩偶是超然的！咯、咯、咯、咯、咯……"所有的风车都发出嘲笑声。

查理看到每一张脸都变成了同一个表情"哀"，哀其不幸啊！

花脸猫后悔地"喵喵"叫了两声，他真的太想吃鱼了。

"记时开始，一、二、三……"风车又呼呼啦啦转起来。这次轮到查理了。

"防贼！"查理说。狗作出了和猫永远不同的回答。

"回答正确！！"

"咯、咯、咯、咯、咯……"这次每一张面孔都变成了"喜笑颜开"。

看来狗和吉祥玩偶是"天作一双"，都在为人类守护着。

"我的对手有十个脑袋！所以我必须有很多面孔和眼睛！"

"十个脑袋？怎么可能？怪物啊？"

"是太空魔的十头鸟！专门来地球害人的！"风车一脸责任感，你一言我一语，七嘴八舌，哗哗啦啦地讲起自己的威风史。

"十头鸟最怕八卦风轮，为了制服他，周朝的姜子牙就用竹条设计了风车。圆形八卦轮代表三百六十五天；十二根辐条代表十二个月；每根辐条上有两个头，共二十四个，就代

表二十四节气,并在上面按春、夏、秋、冬,贴上四道驱魔降妖的平安符,以保四季平安……"

"打住!别吹了!"花脸猫记恨着刚刚的嘲笑,"风车有这么多张嘴,得吹到什么时候?现在是我们赢了!请告诉我们哪里能……啊不……请送我们回皇宫。"他本来想说哪里能吃到鱼,但又怕被嘲笑就改了口。

"对不起,不是猫赢了,是狗赢了,请问查理你有什么愿望呢?"

"我想回家。"查理脱口而出。

"忘了你的誓言吗?听我指挥!!"有点恼羞成怒的花脸猫大声训斥查理。

"对不起!我不是故意的。"查理真心诚意地说,同时耷拉下耳朵。

"查理,你的愿望马上就可以实现,会有人告诉你如何回家的。"风车说着念起了口诀,"风吹风车转,车转幸福来。"

"嘭"的一声,一片泛着淡紫色光晕的烟霞平地升起来,烟霞中显现出一座金碧辉煌,五间六柱十一楼的中国牌楼,楼匾上面写着金光闪闪的大字:

中华吉祥玩偶城

两边朱红的柱子上也雕着:

福寿康宁,吉祥如意。
和谐美好,守望幸福。

风车所有的脸上都洋溢着喜悦:"欢迎来到吉祥玩偶城。"

查理完全被眼前的景象惊呆了,他开始相信一个古老的传说:"每一扇中国大门后面都藏着一个神奇的世界……"

查理和花脸猫被风车领进了牌楼。这次查理特别注意,没再踏上门槛儿。

风车对查理的动作早已众目了然:"这里是不设防的城池,没有门槛,我们把祝福送给每一个人。"

吉祥玩偶的世界坐落在霞光中,祥云缭绕,仙乐飘飘,鲜花盛开,欢声笑语,一幅和平幸福的景象。

要知道,夜晚和白天是大不一样的。当人类的庙会偃旗息鼓,玩偶的盛会却拉开了大幕……这里一下子又变成了欢乐的海洋。每年春节,吉祥玩偶们在这个喜庆的日子,从全国各地来赶庙会。他们难得一见,高兴地夜夜联欢,通宵达旦。这是只有进入了吉祥玩偶城才知道的秘密。那些打打杀杀、邪门歪道的玩具是进不来的。比如刀、枪、坦克、战机、大炮,从冷兵器、热兵器到高科技的杀人工具,还有那些怪兽、金刚之类的太空入侵者。

陀螺在地上打转,闪着飞碟的彩光;空竹在绳子上飞越,发出内心的欢唱;鸡毛毽子像羽毛艳丽的小鸟飞来飞去;糖人儿、面人儿、泥人儿在拨浪鼓的助威声中登台表演;铁环在屋子里穿梭来去表演跑酷;皮影人和布袋戏偶则跟着节奏跳起流行的霹雳舞、街舞、机械舞……玩偶们的聚会五光十色,高科技和时尚感紧跟人类社会的发展。查理从来不知道中国有这么多玩具,他看得赏心悦目。

"洋娃娃和小猫跳舞，跳啊跳啊，一、二、一……洋娃娃和小狗跳舞，跳啊跳啊，一、二、一……"玩偶们开始随着音乐边唱边跳起集体舞。

"嘿！来一起跳舞吧！"玩偶们对查理和花脸猫发出了邀请。查理本来就是音乐迷，他模仿着玩偶们的舞步跳得很投入，赢来了大家的阵阵掌声。

花脸猫在到处打听："去皇宫的路怎么走？"。

可是很少有谁理睬他，顶多回一句："皇宫的事儿我们不感兴趣！"他总算拦住一个拨浪鼓："请问皇宫在哪里？"

"不不不不不不不不……不知道！"这回花脸猫可算领教到什么叫"脑袋摇得像拨浪鼓一样。"

"为什么呢？皇帝不是最重要吗？"

"是呀！重要到身边守满了人，我们这些小人物挤不上去。"

"你知道我是什么？拨浪鼓、货郎鼓，走街串巷的胡同串子，只能让老百姓听个响儿，逗孩子们一乐儿！"

"那你也该知道皇宫在哪吧？"

"不不不不不不不不……不想知道！"

花脸猫差点没晕过去。

"规矩太多，不许乱出声的地方也不想去！"拨浪鼓踩着鼓点跳舞去了。

花脸猫好不容易又拉住一个胖丫头，她也许就是因为体形太圆，动作缓慢才能被拽住。

"请问姑娘，这里有谁知道去皇宫的路怎么走？"

"你们俩是从皇宫来的吗？"姑娘又圆又白的一张脸上挂

着微笑。

"是呀,我们今天早晨刚过来,可现在回不去了!"

"你们是飞过来的吧?"

"你怎么知道?"查理惊讶地问。他开始觉得这种大饼一样圆圆的脸很壮门面,要充分许多,会给人一种胸有成竹和三年前早知道的感觉,让你安静下来,难怪网上的图片表情用圆脸符号。

"很简单,人活百年留名,狗行千里留味,你这么出色的一条狗要是从陆路上来,不可能找不到回去的路。再说皇宫离这里不过几里路。"

"真的吗?在哪个方向?"花脸猫急切地问。都说"猴急,猴急",其实作为功利主义者的猫,急起来比猴还急。

胖丫头却一脸淡定,不急着回答。她把查理上下打量一番,突然说道:"我劝你们别回皇宫。"

"为什么?"花脸猫很不乐意。

"今天警察来了,通知每个摊位说从皇宫里跑了一条狗,如果见到一条像您这副尊容的狗,请立即和公安局或马戏团联络。"

"可气!他们都追到庙会来了!"花脸猫一脸沮丧。他开始怀疑带着一条狗,尤其是一条贵族狗是不是一件好事儿。

说话间,一大群玩偶围了上来,他们都知道通缉这件事儿,开始你一言我一语地帮查理出主意,如何逃脱追捕。

"应该把'兔儿爷'请来。他肯定能帮你。"

"对!他是助人为乐的慈善大使。"

中国的"月亮"故事里有一个女神嫦娥,她的宠物是一只会行医制药的白兔,白兔来到人间帮忙就被尊为"兔儿爷"了。兔儿爷是中国玩偶界的信息联络官,能准确无误地把月光下的思念传递给每一个人。

"可他没在玩偶城,不知道飞到哪里去送医送药了。"

"也许正在和月老一起促成人间的美好姻缘!"

接下去是欢笑声。

查理从玩偶们的议论中听得出来,兔儿爷是个大受欢迎又有本事的好人,大家对他很敬重。

"我发个信息!请他过来。"胖丫依旧淡定地微笑着。

"发信息?"这么时尚的用语,让查理感觉有点怪怪的。

"你是远来的客人,怕你听不懂嘛!"糖人儿嘴很甜地说。

"其实就是烧一炷香。"面人儿补充道。

"哎?这个香可不是谁都能烧的,咱们这里也就胖丫阿福有这个资格。"泥人儿说得虽然有点土,但却实实在在。

"为什么呢?"查理又被说蒙了,他真的不懂怎么这么多规矩,似乎什么事随时都可能发生变化。

"这你就不懂了吧?"不倒的陀螺转着圈儿地说,"这叫'男不祭月,女不祭灶'。兔儿爷的主人是嫦娥,背叛丈夫跑到月亮上。男人们心理不平衡嘛!所以就从来不拜月亮和月亮里来的兔儿爷了。"

查理听了眼前一亮:"原来这位女神是女权主义者,和自己的主人王妃一样。"他觉得心理距离一下子近了许多。

"那'女不祭灶'又是怎么回事呢?"花脸猫问。

"同样是小心眼儿的大男子主义。灶王爷是个小白脸儿，怕女人祭灶，有男女之嫌。"陀螺还在转，"可惜今天灶王爷没来，要不然可以看看他是不是帅哥？"查理觉得，男人从爷、先生、到帅哥，真是老天有眼，从大男子走向了小男人。

胖丫阿福说得轻描淡写，似乎随便发个信息就能耳提面命地把兔儿爷叫来，但真要请起来却不容易。主要是天上人间的麻烦太多，忙活不过来，所以必须郑重邀请才行。

只见胖丫阿福用无根之水洗净双手，又虔诚地燃起了几支足有一指粗的佛香，插入了大香炉中，口中念念有词："香气沉沉应乾坤，燃起清香透天门；金鸟奔走如云箭，玉兔光辉似车轮；南辰北斗满天照，五色彩云闹纷纷；紫微宫中开圣殿，桃花玉女请神仙；千里路途香伸请，飞云走马降来临；拜请本坛三恩主，烈圣金刚众诸尊；玄天真武大将军，五方五帝显如云；香山雪山二大圣，金吒木吒哪吒郎；扶到乩童来开口，指点弟子（信女）甚分明。神兵急急如律令。"说完俯首虔诚叩拜，如是再三，方才礼毕起身。

不多时，屋外雷声大作，查理和花脸猫急忙跑到院子里。只见天空中升起一阵紫蓝色的烟雾，再看空中真是"江天一色无纤尘，皎皎空中孤月轮"，圆圆如玉盘般的月亮上出现了模糊的黑影，伴随着一阵阵震耳欲聋的雷光电闪，黑影越来越近了。

"兔儿爷来啦！"随着叫声，一架瑞兽虎形小飞碟降落到吉祥玩偶城。查理看见一个兔面人身、脸贴金泥、身施彩绘，背靠单旗作古代将军打扮的玩偶精灵走下来。他嘴里唠叨着:"又是非典,又是艾滋,又是饮食安全,现在又来核辐射了……再多的灵丹妙药也架不住这么折腾啊!"

看来他不是个任劳任怨的家伙,有点承受不住的样子。

"上天给人的智慧,都用来折腾别人,折腾自己了,没干几件正经事儿。"

玩偶们停止了舞蹈,恭恭敬敬地迎接兔儿爷。

花脸猫连忙上前一步:"神通广大的兔儿爷大将军,您辛苦了!"

兔儿爷没理他,而是走过去拍拍查理的肩膀:"从国外来的吧?"

"你怎么知道?"查理真的服了,中国的玩偶都如此聪明,总是能把你一眼看穿,一语中的。

"瞅你那脸傻劲儿呗!见领导来了都没反应,所以是'懒狗扶不上墙'。当然不上也罢,还是让人在墙上骑着吧!站也站不稳,下也下不来,干了坏事儿的时候,才想起求神拜佛。心里不踏实的时候,还得向阿猫阿狗、玩具玩偶找安慰,帮助挡灾。"

"我说兔儿爷爷,你是不是上年纪了,哪儿来的这么多牢骚,而且看的都是阴暗面。"阿福打断了兔儿爷的演讲。

"别忘了我住在月宫,我最熟悉的是黑暗和黑暗下发生的罪恶,听到最多的是半夜鬼叫门的时候,人们诚惶诚恐地祷告和梦呓。人类真的是一种没有安全感的动物,对图腾、偶像、符号、手势,甚至一个数字,什么'四'啦、'八'啦,都紧张得不得了。"

查理环顾四周，这里是玩偶的天地，他面对的是像《玩具总动员》中一样的主角们。不同的是他们更有思想，更有原则，更有批评人类的勇气。查理真的羡慕玩偶们可以冷眼旁观人类的愚蠢，可以无动于衷人类的惶恐。

但是狗不行，狗必须做出生命的反应，比如摇尾巴。

"兔儿爷大将军，您一定知道查理是贵族狗，他想回家，当然也就是回王室，更重要的是他要带我一起回王室，请大仙务必帮帮我们！"花脸猫急不可耐，但尽量把话说得恭敬。

兔儿爷白了花脸猫一眼，没搭理他，径直对查理说："小伙子，我很同情你的遭遇！"

"我只是想知道路在何方？"查理只想解决眼下最实际的困扰。

兔儿爷展开靠旗，小飞碟升到半空，在月光的照耀下，整个玩偶城的玩偶们都注视着越升越高的闪光，猜想他一定飞到了月亮上……在狗狗和玩偶的世界里，月亮很高，但不是高不可及的。

兔儿爷为查理进行全方位的信息搜索，两只长耳朵不停旋转，耳朵顶端的 GPS 接收器不时发出"滴滴"的声响。

花脸猫惴惴不安，一刻不停地走来走去，像一个开奖前的赌徒，又像发榜前的考生，他有生以来第一次看到荣升显贵的机会。要知道他从小就是一只野猫，连爸爸是谁都不知道。

查理对胖丫阿福心存感激，如果可能，他真想把王妃的减肥秘方告诉她。查理知道不少王室秘方，比如像喝毒蛇血可以预防静脉曲张之类。这年头女孩的形象越来越重要，爆炸似的信息量，浅尝辄止的浏览方式，分分钟钟在比较中的选择，第一眼没看上，就是麦当娜想出头也难。但是查理又不敢直接讲，说女孩胖是个犯大忌的事儿。

查理观察着阿福，她举头望明月，这个有着可爱微笑的女孩眼中似乎有泪。

"阿福姐，别伤心了，其实你相当有魅力！"

查理想，她一定是想起了月宫中美丽女神而为自己的肥胖困扰着。

"谢谢你查理，我是在想兔儿爷回到月宫，把自己的照片挂到天上，什么时候人们看到，都会记住月亮上有个兔子，而我们呢？会被人们渐渐忘记……"

"我们老了，日子一年不如一年了。"风车哇哩哇啦地说，"我如今大概有三千岁了。"

"我比你大一千岁。"陀螺摆起老资格。

查理在想："转了四千年，真是了不起！"

"我两千。""我一千七。"风筝、空竹都自报了年岁。

"许多民俗玩偶都下架了，下岗了，进博物馆了。"拨浪鼓波波碌碌地说着，"我拨浪了两千五百年，如今也快拨浪不动了，只剩下一个叫'冯骥才'的傻大个儿，像我们拨浪鼓一样，还在到处奔走呼吁，要抢救啊！可他也老了，老得牙都白了。"

"牙都白了，什么意思？"查理不解。

"假牙呗！"

玩偶都笑起来……

查理现在明白了，阿福不是在为自己的体形，而是在为自己和同伴们的命运忧伤着。

兔儿爷回来了，飞碟的强光把玩偶城的广场照得通明。

"我看不到王室，也看不到博士，因为他们现在不在月光照到的地方。

我看到了笼子，它还停放在马戏团的空仓库里，只是换了一个新门儿，铁做的。

我看到了陕西的浦口，更确切的说是轩辕。你的族人们在那里幸福地繁衍生息着。你的先祖随人皇得道升天了，所以在轩辕，犬是神犬，绝对没有吃狗肉的恶习，当地人都知道吃狗肉的人进不了天国，因为哮天犬守在南天门，他绝不会饶过吃狗肉的人。所以你现在有两条路可以走：要么万里寻根去找你的祖居地，要么回到笼子里听候处理。"

还有两件事兔儿爷没说，他见过犬神——哮天犬，和查理长得很像；他还看到了陕北高原上查理的族人们正在撵兔子，他们个个是高手。

"我要去寻根！"查理毫不犹豫地说。

"幼稚！"花脸猫吼了一声就一屁股坐到了地上。他觉得受打击最大，失败最惨的就是自己。猫吃鱼的梦破灭了！自己既不可能跟着这只又疯又傻的狗去万里寻根，也不想再陪着他回到马戏团的笼子里。因为查理不是博士，在马戏团里他得不到优质食物，而且给不给吃饱都说不准，更何况还可能被送进流浪猫狗收容所。

查理却异常兴奋，这种兴奋来自于血液的呼唤。那是一个生灵与族群、故土的神交和心通，储存于语言智力未开发之前的原始脑区。近乎于母爱，是天授的权利，无法阻断，无法剥夺。无论时间有多久，距离有多远，无论他以什么身份，何种理由，居住在什么地方。

"请问玩偶城里有没有陕西来的？"查理像一个要回家的娃儿，急切地想了解故土，了解那个孕育出自己细胞的根、染色体和线粒体的地方。

"有啊！"阿福说，"陕西是吉祥玩偶的大本营，每年参加庙会的玩偶数量最多了。"

风车咔咔咔地响起来："可是今年好像出了点儿问题。听陕西摊位上的小狗说，今年他们的货架只卖奥特曼、怪兽和变形金刚，销售极火，赚了大钱。吉祥玩偶没地方摆，都锁在箱子里。"

"小狗？你是说一条白色的小母狗吗？"查理好像意识到什么，他提高了嗓门。

"是啊，庙会上的公关明星，名字叫'女士'，随主人从陕西来的。"风车脸多、眼多、话多，消息很灵通。

"太好了！"查理像是发现了新大陆，他开始努力舔毛，但没意识到为什么会有这个动作，只是在构想自己的浪漫故事。

"有什么好！这是很糟糕的消息。"兔儿爷并不认同，"我刚刚在月亮上，观天象有异，看到了陕西大量玩偶'被死亡'，是末日的征兆。"他语调沉重。

"你是说二〇一二的人类末日预言吗？"

"人类末日我不知道，但我知道吉祥玩偶的末日已经开始了。"

花脸猫不安地走来走去，他把紧张传给了每一个人。

永恒微笑的阿福，眼睛里又出现了泪水。众玩偶们都无语了。欢乐的吉祥玩偶城一下子变得寂静无声。

"哀大莫过于心死！"兔儿爷说，"当人类沉迷于你争我夺，对我们连眼珠都不想转一转的时候，就是吉祥玩偶城的末日了，我们会大量的'被死亡'。到那时候'邪能玩偶世界'就会强势兴起，里面充塞着各种代表力量和杀戮的玩偶，冷兵器、热兵器、高科技的杀人工具。"

查理忽然觉得兔儿爷很讨厌，他的一举一动，语言方式都能触动查理内心深处一根要爆发、要撕咬、要扑杀的神经。他极力控制着自己，脑子里轮番出现两个名字："猎兔狗"和"兔女郎"。查理极力让自己去想"兔女郎"美丽的身姿，友善的笑容，不想"猎兔狗"疾速的奔跑，致命的扑杀，这是细犬的绝活儿。这真的够难为他的，因为在大自然的设定中，在地球动物"弱肉强食"的劣根性里，狗和兔的敌对虽然没有猫和鼠那么天经地义，但他们之间相互直接对立的捕杀关系还是非常明确的。要知道查理也是自然力控制的动物啊。当然这些他还能控制，毕竟受过多年的宫廷教育。

最让查理不高兴的不是这些，甚至也不是兔儿爷阻断了他编浪漫故事，而是兔儿爷描绘了一幅不可逆转的末日景象。这是查理最讨厌的！有勇士基因的动物都犯这个毛病，不许别人否定他们"乌托邦"的梦。

从这一刻起，查理开始认定吉祥玩偶是弱势群体。在这个手段强横，争夺激烈的世纪，他们依旧祈福安宁和谐是命悬一线！视而不见就足以被灭杀。

当今是眼球的时代，可人类的眼球超负荷地被五色炫目锁定，根本聚焦不到他们身上。

不知道为什么，查理觉得自己和这些玩偶们有关系，他很想为他们做点什么！不是说没有救世主吗？当然就更没有救世狗了！但是查理还是想做点什么。救他们或许也是救自己，救助一种忠心耿耿、毫无怨言、受尽委屈去守护一种理念的行为艺术。

十

天快亮了,为了迎接赶早庙会的人们,吉祥玩偶都各就各位回自家的摊位了。离别前,玩偶们提醒查理离开庙会,因为明天要进行搜狗大检查。

"不是'搜狐'吗?怎么又'搜狗'了?"花脸猫没好气地问。

"没狠打落水狗就不错了!"兔儿爷说,还瞟了查理一眼。

"天黑再见吧!"阿福展现着亲切的微笑。

折腾了大半宿的查理和花脸猫卧在一起,各自想着心事。查理根本睡不着,他心里的狂欢还在继续着……

这些天来,皇宫外面的经历,进而笼子外面的经历,让查理明白了许多,比如可以认为生命是存在于"被认同"之中的。起码就社会而言,对于人、狗,还可以加上玩偶,都是这样的,具体说无非是几种生存形态:被认同,不被认同,认同不认同,认同被认同,不认同被认同,认同不被认同,不认同不被认同。

查理真的谢天谢地,犬类还有认同和不认同的权利,然而玩偶就可怜多了。他们的存在(或者被说成生命)是人类给的，只有被认同和不被认同两种命运。

整整一个晚上，查理的情绪都受花脸猫干扰，本来他可以从兔儿爷那里问到陕西故里的更多情况。玩偶客栈里发生了什么？尤其是那条从陕西来的小狗女士，如果找到她几乎就可以找到回老家的办法了。再者说查理真的愿意和那条小母狗在一起，不管是双双待在这里，还是结伴还乡的路上。

但是花脸猫这个可气的家伙，老在那里晃，不安地把身体重心在四个爪子上移来移去，或者盲目地走动。眼睛总是在盯着兔儿爷的一举一动，生怕被一语道破他到处乞食、无家可归的凄惨命运。

花脸猫的紧张、不自信传递给了查理。他不能不受影响，因为现在查理是认同花脸猫指挥的，尽管这看上去很荒谬。可是狗的天性就是如此，认定一个主人，就专注他的指令，无论正确与否。

这点上查理远不如玩偶。人类给了玩偶生命，可玩偶绝不盲目服从。他们坚持自己安身立命的原则，即使在人类不想坚持的时候，并以自己的坚持嘲笑着人类的自相矛盾，甚至让人类为此脸红！而狗不行，他们"吃人的嘴短"。

花脸猫突然发话了，声音中带着极度的不满："我记得庙会上有个白金卡的靓女叫你，你为什么不去？！"

"我不能背叛主人。"

"放狗屁！！！"花脸猫开始劈头盖脸地臭骂查理，"有奶就是娘！这么简单的道理都不懂，亏你还跟着人类混了这么久。"

"可是狗不能见利忘义。"

"狗都是天生的笨蛋。"花脸猫气得吐沫星子乱溅,"什么是真,什么是假,都分不出来。高雅是装出来的,明白吗?"

"跟着人混饭吃不容易,又要长得漂亮,又要唱得好听,你看到我多会装优雅?而你是一个又蠢又笨又傻又呆的废物,跟你在一起真是跌份儿啊!所以请你马上从我的视线里消失!笨狗!"

花脸猫彻底和查理闹翻了。因为经过激烈而缜密的思考,花脸猫确定查理对他已经毫无用处了,再待下去只能成为拖累。

猫和狗分手了!猫义无反顾,狗不想分,尽管狗有一千个理由该分!查理是准备把承诺进行到底,但这一次是花脸猫决定非分不可的,查理必须听他的。

而对被分手的查理来说,他还在想:自己做错了什么?

都说是虎落平阳被犬欺,如今犬落平阳被猫欺是事实。

这个夜行动物在白天也对狗指手画脚,剥夺他的话语权甚至剥夺他在这块土地上寻根问祖的权利。这个懒惰、贪心、占小便宜又见利忘义、见异思迁的家伙,分别在查理面前扮演着师长、领导、主人,甚至救世主的角色。而猫和狗品格上的不一样从 DNA 上决定着他们的世代不合,而且不可能合,除非太阳从西边出来……

最让狗不能容忍的,是猫的处世哲学,他们不需要和人类建立稳固的互信关系,但是在好处没有到手之前,还得学会奴颜婢膝。

为什么不去找"不约而同，不谋而合"的朋友，找和自己一样的人相处？为自己去改变别人，为别人来改变自己，都将是徒劳的自寻烦恼……

查理掉头向东，他开始只是顺着人行道溜达，然后轻松地慢跑，最后快乐地狂奔……他真的连头也没回一下。至于那个"喵喵"叫的家伙回头了没有，就无关紧要了，因为查理终于铁了心，要各奔东西了。

一个小时过去了，查理来到一个交叉路口。他开始疑惑，呆呆站在马路牙子上，不知何去何从。身边的人们红灯也过，绿灯也停。马路上车在走，人也在走。

"好狗不挡道！"

"走啊，笨狗！"有人在骂。

查理还是不敢过。在他的记忆里，妈妈小时候就吓唬过他，不要随便穿马路，要跟着人走。否则不该过的时候过不该过的地方，有生命危险。

后来他长大了，经验又告诉他，巨大的金属机器一定要让路血肉之躯的。在走人走车的马路上永远是生命优先的，他就亲眼见过长长的一排巨型卡车在行驶中停下来，耐心地礼让一只肥肥的鸭妈妈，带着几只丑小鸭大摇大摆地过马路。

但是此时此地查理无所适从，只认死理儿的狗脑子让他束手无策，最后只好失落地顺着原路折返，也就是向着和花脸猫分手的方向回去了。他说不清此举是不是有去找花脸猫的潜意识。

太阳快落山了，直射的光线把查理的影子拉得长长的。

他瞟着自己的影子，踏过地上的香蕉皮、易拉罐，当然还有痰和烟头儿。

在这座城市里总是有一股烟草味萦绕在鼻子中，也许狗的鼻子太灵了吧，比人类灵敏三十六倍。

突然，一束光晃过查理的眼睛，白天也用车灯晃人，而且百分之九十都开远光灯。人们在汽车喇叭的猛烈拍击声中宣告："三山五岳开道！我来了！"因为大人物都是要有人开道的。

急驰的轰鸣卡车、大巴车、小汽车……一辆咬着一辆从身边的公路上飞驰而过。查理漫不经心地左右扫视着，作为一条猎犬的后代，他有用余光发现目标的能力。突然，查理站住了，眼前出现一幅奇特的画面，这是他有生以来从未见过的。

三个金发碧眼的标准欧洲女郎，她们飘逸的长发被直射的阳光打透，在现代摩天大厦遮蔽出的暗背景中，像公主戴着金色的贵冠。她们高高地并排站着。不是站在地上，也不是站在领奖台上，而是站在车辆穿梭的马路中线，分界来往车辆的铁栏杆上。为了不使自己跌进车流中，她们一条腿在前，一条腿在后牢牢地夹住铁栏杆。身边同一个姿式并排站了四五个本地人，有男、有女、有的扛着麻袋、有的抱着小孩子……

极强的画面感，抓拍下来一定能做广告照片，或者获荷塞新闻摄影大奖。

查理愣在那里，愣在马路牙子的上面。做为一条狗他起码知道汽车轻易不会驶到人行便道上来。查理久久地凝望着那些和自己的主人长得一样美丽的女郎。他想家了,想王妃了,想自己曾经熟悉的一切……

车流一下子断了,栏杆上的人们步调一致,他们一起迈下栏杆,穿越马路,就像有人喊齐步走一样。

查理豁然开朗,顿悟出什么叫"入乡随俗,见机行事"。他急速地迈下马路牙子,迈出了"雷池"一步。利用没车的瞬间向马路对面跑去。用比人类灵活许多的动作,成功到达了马路对面。

当查理踏上对面便道的马路牙子回过身来张望那些金发美女的时候,她们已经迈着轻快的步子走开了。隐约中能听到她们的欢声笑语。

查理在人行道上随着人流前行,也许是紧贴着马路,尾气排放太多,许多人都在毫不犹豫地吐痰,不计方向,不计方式,不加思索的把不舒服的东西吐出去,把自己清理干净。

查理在痰如雨下中,小心地跟在一家三口儿身后。爸爸抱着大胖小子边走边抽烟。查理为了避开二手烟,特意躲到了左边的上风头儿。突然男人一甩头把痰吐到左边,查理急忙闪到右边。女的紧随其后,一伸脖子把痰吐到右边,查理又急闪到中间。可是这一次是无处可逃了,不甘示弱的儿子从父亲的肩膀上把口水吐下来,因为年岁太小,力量不足,只能散落在查理的鼻子周围,有一点儿水果糖的味道。

"谢天谢地,好在是孩子吐的,是口水不是痰!"

那以后查理想了很多,闪出一个念头:"会不会有一天欧洲也'痰如雨下'呢？因为都是人啊！都会有美丽的腿，又都会生大胖小子……"

现在欧洲的大街上还是多有'狗屎'，少有'人痰'。这里的污染重，刺激呼吸道，这或许是个理由，因为这些天来查理发现中国的月亮真的没有欧洲亮，是污染导致的空气透光率降低所致。但这绝对不是全部理由，因为欧洲也有雾锁都城，尘土灰物的时候……"

最后查理似乎想明白了："这是习惯，习惯也就不是一天养成的行为艺术，代表一种被压抑心理的宣泄。一吐为快的事儿太少了，自己能做决定的事儿太少了。人需要找到一些能够由自己决定的，随心所欲的行为来满足一种完成感。人类是一种需要靠完成感来鼓舞自己的动物。他们弯一个勾，放上鱼饵，钓上一条大鱼；他们射箭、开枪打中一个目标，甚至点燃、抽完一根烟都会感到完成感的愉快……"

"喵……"一声撕心裂肺的惨叫让查理一惊，接下来是"喵、喵、喵……"不间段的痛苦呻吟。那种像人类婴儿啼哭的噪声，是地球动物都不敢忽略的声音。

查理在闪动的车流里，看到了躺在路中的花脸猫，他站立不稳，一条前腿显然已被碾断，在恐慌的绝望中浑身颤抖着。

查理想也没想，"嗖"地蹿进了公路。车流中，他机警地抓住一闪即逝的空当，背起断了腿的花脸猫成功地回到了人行道上。整个过程那样顺理成章，在很短时间内就完成了。

掌声响起来。

"神了！真是一条神犬。"

"太感动人了！"

人们兴奋的赞叹都是发自内心脱口而出的，他们没有必要去恭维一条狗。

"我看比人强！"

"是啊！人会逃逸。"

"兴许再捅上八刀！"

人类在反思，他们的可爱，就在于危难时刻，还能想起互助友爱这回事儿。但是看来还不懂"上天有好生之德"，杀生的物种是不能领导地球的！不管他是恐龙还是人，否则就不会几百万年烽烟滚滚，战乱至今了。

查理听得懂的是背上的猫不断重复着一句话："我以为看得清，我以为看得清……"

"好了，你了不起，你什么都看得清！你看现在我们该去哪里？"查理问花脸猫。

"我已经把瞳孔缩成一条线了。"花脸猫还在自说自话。

看来这次真的是把他吓坏了，一时半会儿还不能从惊恐中走出来。

查理驮着一只瘸猫向庙会方向跑去。他知道现在只能再回庙会，去找那些热心的玩偶们帮忙，哪怕有可能被马戏团的人捉住，他也只好冒一次险了……

接近庙会了，路边开始出现各种各样的地摊儿，顾客和小商小贩们兴致勃勃地进行着讨价还价的古老游戏，据说有几十万年了，买家卖家都能从中得到互通有无的快感。

忽然一声哨响，或是彩旗招展之类的办法，商贩们突然异常熟练地卷起东西，摆满街边的地摊儿，风卷残云般消失得干干净净。

一位跑不快的婆婆，一边念叨着："城管来了，城管来了……"一边笨拙地扭动着身体……

查理回头看看，身后急停下一辆客货两用车，几个彪形大汉跳下车，向自己的方向冲了过来。只见那些大汉手中都拿着捕狗的工具，原来他们是冲着自己来的。

查理像被电到一般，一个激灵，心脏腾腾地加速跳了起来，四足用力，背着花脸猫飞也似的在人群中乱窜。

查理跑在庙会人流的腿脚之间，来回蹿跳，寻找空隙，最后终于找到了一个人头涌动，被围得水泄不通的摊位。查理利用人群做掩护，一头钻进用布幔围起来的货架子下面。猎狗又一次逃过了人的追击。

摊主并没有发现查理和花脸猫躲在自己的摊位下。

他穿了一身小丑的服装，手中攥着大把的钞票，高声推销着："日本魔兽大赠送！一百个邪恶奥特曼！先到先得！"

市场是送出来的，越送越火，越火越送。怪兽和变形金刚很快占领了民俗玩偶的摊位。

查理看着在身边处于惊吓状态的花脸猫，听着头顶上摊主可恶的叫卖声，一时觉得四面楚歌。

正在这时，摊位下面的布幔打开了。一条全身雪白、毛质柔顺、温文尔雅的小母狗拿着一杯果汁，掀开了帘子。

发现了躲在里面的查理和花脸猫，她做出惊讶的表情。"对不起！但愿没有打扰你们。"小母狗的声音很纯、很美、很女性，"今天的太阳有点大，紫外线太多，我想进来躲躲。"

查理先是一惊，然后狠狠地摇了摇脑袋，证明自己不是在做梦。梦中情人的突然出现让查理放弃了所有警戒，他的心已经投降了。

查理虽然现在身处险境，但他高贵的风度是不会因为环境的变化而缩减一分一毫的。

查理向小母狗行了一个绅士的敬礼，是查理在宫中学会的觐见的标准敬礼，因为自从昨天见到小母狗的那一刻，她已经是查理心中的女皇。

"小姐你好，我叫查理，很乐意为您效劳！"

小母狗小脸绯红，含情脉脉地低垂着头，轻声地说："我们昨天见过。"

这极其简单的一句已经让查理兴奋不已，这说明她记着自己。

查理缓过神来，用手挠了挠头，想了一下说："我的故事很长，一时难以说清楚，现在的危机是，外面在追捕我，花脸猫又受伤了，我们无处藏身。"

"门后面有个大木箱，里面放了一些过了时的民俗玩偶，没有人打开它。我把你们藏那里绝对安全。"

"那就太谢谢你了。"查理真心实意地说了一句，他都快落泪了。

查理背起花脸猫，跟着小母狗跑到了门后的木箱旁。

小母狗虽然身材娇弱，但做起事情来一点也不含糊。她准备好了一切，向查理妩媚地一笑，便大声地叫起来。

不一会儿，摊主听到了屋内的狗叫声，生怕影响到他那红火的怪兽生意，便走进屋来。当他看到门后木箱旁的狗猫之后眼睛一亮，主人看似明白了小狗的意思，伸手把查理和花脸猫放进身边的大木箱，盖上了箱盖。

刚刚进入箱子，眼睛不适应，查理什么也看不见，但他能用身体感觉到花脸猫。他神志不清，身上很烫，好像在发烧。渐渐的，透过微弱的光线查理看见木箱里睡着各种各样的民俗玩偶：布老虎、灶王爷、门神、泥猴、扫晴娘、抓髻娃娃、小布驴……

但他们好像都在睡觉，整个箱子里静静的，没有一点声响。查理看身子旁边躺着一只布老虎，便使劲摇醒他问："大白天，你们怎么都睡在这里？"

布老虎没好气地答道："压箱底不睡觉又能干什么？现在是怪兽和金刚的天下。"说罢倒头又睡了。

"是谁在那里唧唧歪歪，吵得洒家不得安心休息啊？"门神双目圆睁，一脸怒气道。

"生哪门子气嘛，门神！以前就脾气火爆，现在都没人理你了还死性不改。"扫晴娘心平气和地说着。

虎头帽问："新进来的那两个家伙是谁啊？"

五毒小背心说："还能是谁啊，能扔到这里的都是同病相怜的，被老板淘汰的。"

"大家好，我是查理，一只来自欧洲皇宫的贵族狗。但是我的祖籍在陕西，和你们是老乡啊！"查理血是热的。

"你到过陕西?"布老虎好奇地问。

"没有,但一定要去的。"查理答道。

"那怎么能算是一方水土一方人?"布老虎不认同。

"喵……"半昏迷状态的花脸猫发出一声微弱的呻吟。

"他是谁?好像受伤了?"众玩偶关切地问道。

"快救救我的朋友,他被车撞伤了。"

"我们这里正好有民间神医,保人一生身体健康的五毒小背心。"

"哦?有毒怎么还能保健康?"查理心中生出了一个很大的问号,"以毒攻毒吗?"

五毒小背心迟疑道:"我平常只看内科,他这可是外伤,我从来没看过外科啊。"

"没看过也要试试啊,这里只有你懂得用药之术,只有你才有希望救他啊。"众玩偶异口同声道,"试试吧。"

五毒心不毒,救死扶伤义不容辞。

他先上前摸了摸花脸猫颈部动脉的跳动,然后从口袋里掏出青蛇、蜈蚣、蝎子、壁虎和蟾蜍——五毒。青蛇和蟾蜍用舌头舔去花脸猫身上的血迹,蜈蚣从他的鼻孔进入去输通花脸猫的脉络,壁虎则封住了花脸猫身上的各个穴道,蝎子用他的尾巴发射出带电的粒子来修复花脸猫的伤口。

一口淤血从花脸猫口中喷出。花脸猫清醒过来,紧锁的眉毛也舒展开来,气息也平缓了不少。

"怎么样了?"查理急忙上前问道。

"已无大碍,只要好好休息两天便可痊愈。"五毒小背心开心地说。众人纷纷竖起大拇指，啧啧称赞着五毒小背心的医术高明。

查理被感动了，觉得自己的心和故乡的玩偶们贴得更近了。

"听兔儿爷说有一个叫'玩偶客栈'的地方，出现了玩偶危机。"他担忧着他们的命运。

"这件事我也听说了。"一直蜷缩在箱子角落打盹儿的灶王爷说话了，"去年村村寨寨里就出现了一个来路不明的玩偶货郎，吆喝着'破烂儿换洋火儿'的老调儿，专门用现代卡通魔兽换孩子们手里的土玩具。"

"那不是亏大了！"小布驴说。

"这种赔本儿生意大受欢迎，孩子们跟着他满街地跑。"灶王爷说。

"他把这些玩具收走干什么用呢？"扫晴娘不解地问。

"听说都收容进了那家神秘的玩偶客栈，没有人再见过他们了。"灶王爷无奈地叹息。

"我们不该躺在这里压箱底，快点回家去帮帮他们。"抓髻娃娃着急地说。

受伤后的花脸猫总算安睡了，均匀的鼾声轻轻作响，把查理领进对玩偶客栈的苦思冥想……

突然，查理惊叫起来，因为木箱开始剧烈地旋转下沉，查理觉得跌进了一个无底的深渊，箱盖儿不知道飞到哪里去了，他们被从箱子里抛落出来，摔落在一片沙地上。查理睁开眼睛，急忙寻找花脸猫，谢天谢地，他四平八稳地站在那儿。现在查理真的信了，猫有九条命。只是玩偶们不知去了哪里，一个也看不见了。

　　这里的一切看上去怪怪的，好像是电影院里戴上3D眼镜的视觉效果。天上的云是加重处理过的紫黑色，闪电在撕开的云缝中如北极光般奇幻闪烁。在这里，它不再是天神的宝剑，而是恶魔的亲吻在大地上留下一道道伤口，流淌出污浊的泥浆。

　　查理四下观看，这里俨然是一个堆积废弃物的垃圾场，就设在巨大的垃圾收购站旁边，不时传来阵阵恶臭，许多脏旧破损的民俗玩偶家族成员都住在这里。他们没有像样的房屋，有的是破柜子、烂汽车、废集装箱，有的是用包装盒简易混搭起来的，有的则直接住在大一点的罐头盒子里。再看看那些本是吉祥的玩偶一脸倒霉地蜷缩在垃圾堆旁，还有很多生病的躺在脏兮兮的地毯上不住地呻吟。一些体形肥硕的老鼠在街道上窜来窜去的，几只脱毛的母鸡在路旁寻找着残渣剩饭。

　　"你们究竟怎么了？你们本应该是和人在一起，和人们的家庭在一起才对呀！而不是待在垃圾堆里！"查理对着他们呼喊着。

　　身边的垃圾桶中突然传出一阵响声，垃圾桶晃动了几下，从里面爬出来一个胖乎乎的东西，身披三色釉彩，通体黑黝黝的，隐约可以看到一张猪的脸。

　　那只小猪模样的动物刚刚爬出来，有点犯喘，他停了一下，不好意思地说："这里的条件确实很差，没法好好招待你们。"

"你叫什么名字，怎么待在垃圾桶里？"查理不解地问。

"我叫泥泥猪，是彩绘泥塑生肖猪。我本来兄弟十二个，是镇上李老爷子家孙儿的玩具，最近镇上来了一个玩具商，专门拿会叫、会跑、会喷火的卡通怪兽和叫什么'威震天'之类的变形金刚换吉祥玩偶，然后就收进他开的玩偶客栈里。我们这些不敢进客栈的，就只能躲到这里来了。"泥泥猪大为感叹。"十一个兄弟都不知所踪，只剩下我一个人，孤苦伶仃，无依无靠，还被人唾弃，真是惨啊！"说着泥泥猪心头一热，泪水汩汩而出，马上要扯开嗓子哭了。

"不如我们一起，去找回家的路吧？"查理轻声安慰着。

泥泥猪听后，擦去眼中的泪水，有些哽咽地问："我真的可以吗？"

"可以啊，我们不是又多了一个可以一起玩的伴儿了？"花脸猫凑上来。他现在已经自己选择听查理的了。

泥泥猪的话，让查理强烈地感觉到"玩偶客栈"是个隐藏着秘密的地方。

"能先带我去'玩偶客栈'看看吗？"查理提出要求。

"去那个鬼地方干什么？很怕人的！"泥泥猪有点紧张。

"我们皇宫都去过，还怕客栈吗？"花脸猫到底是老江湖，看来五毒背心儿把他的病彻底治好了。

"我、我……"

"我什么我！不去不带你玩了，我们是贵族不跟胆小鬼打交道！"花脸猫已经荣升为贵族了。

泥泥猪想了想，点了点头。

翻过一个高坡，在小镇边的树林里，查理他们看到了一座阴森的中式城堡，上面歪歪扭扭地写着一行字："玩偶客栈——一个来了就无法离开的地方。"

"哨、哨、哨、哨……"随着短而有力的响声，玩偶客栈的门横向拉开了，先窜出几只怪兽形的金属生命体，然后走出一个丑陋的巫师。他披着黑斗篷，穿着小丑服装。最大的特征就是一半脸哭，一半脸笑，胸前画着一只绿山羊，头发卷曲而直立，看不出男女。

只见他仰天长啸，望着乌云发一声狠："让暴风雨来得更猛烈些吧！"接着，他从怀里掏出一把幻影激光扫帚，祭在空中，口中念念有词，念起了扫云遮天的咒语。

一阵猛烈的雷声过后，横跨天际的闪电由远及近袭来，直击地面，远远看去，好像天地间架起一条条光电的悬梯。

不一会儿，成片的乌云铺天盖地地压过来。丑巫伸出手，将乌云指引到城镇上空，一幅黑云压城城欲摧的恐怖画面。

突然，城镇中射出一片蓝色光晕，直逼天空，像一个保护罩，那片乌云再也不得前进半步。丑巫暗道不好，又将另一只手指向空中，提高幻影激光扫帚的祭起位置，疾念咒语，增强法力，但乌云未动分毫。丑巫紧咬牙关再三重试，依然如故。丑巫大惊失色，不禁汗如雨下。

这时，从一户人家的屋檐下，一幅窗花贴纸样的东西，在风中呼呼作响，似有灵性般摇动。

倏尔，纸片片腾空而起，钻入万丈黑云之中。不一会儿，黑云中间出现了一个白色的光环，光芒闪烁中有一个阳光女孩儿，手持短头扫把，跳舞一样开开心心地旋转着身子，扫着天上的黑云。只见她头戴娇艳荷花，一边扫云一边唱道："骑天马上天扫天，灰包包里装灶灰，洒在天上变晴天！"扫帚所到之处，云朵消散。

眼看着那白洞在吞噬着整片的黑云，天很快放晴了。丑巫又惊又恼，却只能眼巴巴地看着自己费力施法唤来的大片黑云被清扫殆尽。

不一会儿，天边黑云扫尽，碧空万里，光明重回人间，大地又沐浴在阳光中。

那扫去黑云的女孩，便是祈祷雨止天晴时挂在屋檐下的吉祥玩偶"扫晴娘"，民间俗称"扫天婆"。现在，她又回到屋檐下，清风吹动着她的发梢，她微微点头，似在微笑。

气急败坏的丑巫决不善罢甘休，他收了自己不争气的扫把，撩起邪恶斗篷，把头抬起，两眼放出绿光，射向空中。空中形成一个转动的旋涡，聚集地球的邪恶仇怨亡灵，然后放射出带电粒子，翻动尘暴漫天，落叶纷飞，人们纷纷逃离街道，避回房中。一时间，人人关门闭户，门窗紧锁，填缝加隙，不敢有半点懈怠。

不一会儿，空中的带电云中飞出了无数只仇怨亡灵化出的3D骷髅，裸露着黑色的枯骨，每个骷髅手中都拿着森白的镰刀，张牙舞爪地飞向村镇。

丑巫和怪兽们在一旁指指点点，兴奋地看着他的邪恶骷髅大军发动攻击，用镰刀收缴着人们的福寿康宁。

骷髅幽灵来到家家户户门口窗前，欲破门窗而入。正在这时，门窗上的抓髻娃娃个个通体发出金光，将整个房子笼罩在一片金色的防护墙中。

只见那些辟邪、驱鬼的抓髻娃娃伸开四肢，手拉手、肩并肩排成一面铜墙铁壁，挡住邪恶的冲击。在中国古老的传说里，人们认为这些头梳双髻的超级娃娃，是能够紧紧抓住吉利，挡住妖魔鬼怪的。可是，人类为什么要让本来需要保护的娃娃，来保护自己呢？这始终是一个模糊的谜……

不过，在查理的眼里，那些抓髻娃娃更像是外星人。他们手里抓的，脚上踩的，头上戴的也可能是飞行器、太空服、激光枪之类的东西。查理想：这些小家伙一定很多次地帮助过人类……

这时，抓髻娃娃越变越多，像在极速克隆着。他们把门户防得严严实实，滴水不漏。众骷髅见状大惊，挥舞着手中的镰刀向窗上的抓髻娃娃砍过去。抓髻娃娃金光一闪，骷髅手中的镰刀像是沙粒般破裂成粉状，化作尘土在风中飘散殆尽。受到金光照射的骷髅幻影也像熄灭的烛光消失得无影无踪了。

丑巫气愤至极，命所有骷髅幽魂蜂拥而上，想以其浩浩大军之势，用压倒性的数量打败守护在屋外的抓髻娃娃。可是，那一批批骷髅士兵们，在抓髻娃娃的保护墙面前，纷纷被弹了回来，摔倒在地。抓髻娃娃放出强光，将这些乌七八糟的幽灵横扫一空。

躲在屋内的众人看外面风停雨住，太平无事，又纷纷打开自己的房门,走出街道,相互道喜问候,热闹如常。

再说丑巫,被吉祥玩偶这么一弄,损失了数万的骷髅游魂,元气大伤,一时脚底不稳,头疼发晕,口吐黑色鲜血,狼狈逃回玩偶客栈,不再踏出半步。

此一战,吉祥玩偶身上聚集的人类祈福的正能量,让丑巫失去了两成功力。

十一

查理和花脸猫、泥泥猪一起躲在玩偶客栈外面一块奇石下面目睹了这一切。

查理很想进玩偶客栈去探个究竟,但是泥泥猪的一声吼叫让他改变了主意。

"不好!家里着火了!"泥泥猪最早发现火光和高高飘起的黑烟,从方向上判断正是垃圾收购站。

"必须马上回去,那里住着很多玩偶。"泥泥猪说。

水火无情,查理用猎犬的速度全速奔跑着,一只瘸腿猫和一只小笨猪被远远地甩到了身后。

闪电击断了枯死的老树,树枝上燃起的火苗引着了收购站和垃圾场上大量的易燃物。(主要是塑料瓶和塑料袋,这些很难降解的人造物质是人类强加给地球的伤害。)星星之火成燎原之势,不一会儿,垃圾收购站便成了一片火海。

火苗像一群张狂的蛇,肆意蹿动,疯狂地吞噬着可以被吞噬的一切。

"救命啊,救命啊!"查理的耳朵极灵,他听到了火场的对面传来了人类微弱的呼救声。

"垃圾收购站里有人住?"查理问身旁的布老虎。

"里面住着一户人家,祖孙两代,一个小女孩和她坐在轮椅上的爷爷。"布老虎说。

"爷爷是做风筝的工艺大师,靠着自己的手艺供孙女上学。他们平日里对我们呵护有加。"小布驴儿说。

"是啊!"众玩偶异口同声道。

众玩偶在查理的带领下,向传来呼救声的方向冲过去。

垃圾燃烧产生的刺鼻气味让查理窒息,但是查理没有犹豫,以极快的速度冲进了房间。

一个小女孩,脸被烟熏得黑糊糊的,手里却紧紧地攥着一只泥兔子。她看到查理进来,咧嘴笑了,露出洁白的牙齿。可查理看见,她在微微地发抖。

"你受伤了没有?"查理关切地问,花脸猫也凑了过来看个究竟。

"兔哥哥。"突然一声叫喊从后面传过来,让屋里人都愣住了。

泥泥猪甩着肥胖的身体赶到了,他三步并作两步地来到了泥兔身旁,早已是热泪盈眶。

迎着月光,泥兔也看清了泥泥猪。

"小猪弟弟。"他的声音中也带着哭腔。

"兔哥哥。"泥泥猪又叫了一声。

小兔子急忙呼唤起来:"你们快出来吧!看看是谁来了?"

"小猪猪!""猪小弟!"随着激动的叫声,从门口的木箱里蹦出十来个泥塑玩偶。

"鼠哥哥，龙哥哥，羊哥哥……"泥泥猪激动地呼唤着。

他们不是别人，正是泥泥猪的十一个哥哥姐姐，泥人儿家族的十二生肖。泥泥猪最小，又和他们走失很久，这真叫他们牵肠挂肚。

"快救风筝大叔，他瘫在床上。我们刚才守住里屋的门，就是不让烟火落进去。"生肖玩偶们都是火里烤出来的，所以不怕火。

说话间一声巨响，屋顶被掀开，光烟中飞起一群五颜六色的风筝，他们从火光中升起翱翔在空中。放眼望去，"蝴蝶翩跹"、"仙鹤亮翅"、"鹰击长空"、"鱼戏碧水"，在天空中构成了一幅充满诗情画意的美景。

风筝群中有一个体形硕大的凤凰，金色的浓密羽毛下一双大大的翅膀，头和颈在阳光照耀下反射出金属般的光泽。她拖着长长的绚丽尾翼，抓着坐在轮椅上的风筝大叔，稳稳当当地飞翔在空中。

"你好，远道而来的朋友，我叫金凤，我来这里接走我生命中的主人，是他把我放飞天空，让我给那些童真的孩子们带来无尽的快乐。"金凤睁着炯炯有神的眼睛凝视着查理说道。

"风筝大叔是我们的父亲，他放飞了我们，也放飞了孩子们的梦想，我们没有理由不爱自己的爸爸。"金凤和众风筝自豪地说道。

风筝大叔微笑地看着他们，眼中流出了热泪。

火整整烧了一天，全城出动了十几辆消防车，才把垃圾收购站的火扑灭，但收购站已经化为了一片灰烬。

　　大火中，查理看到了民俗玩偶面对灾难时，个个不怕死的劲头儿。看着他们灰头土脸，身负重伤的样子。他被深深地打动了。

　　事后，许多媒体都来到垃圾收购站被火焚烧的现场采访，一时间全城传遍了民俗玩偶和救火英雄的故事。被人们遗忘多年的吉祥玩偶，又走进了人们的视野。

　　又是一个晴朗宁静的夜晚，查理来到了布老虎的屋子里。查理是个电视迷，在欧洲的时候就有每天晚上看电视的习惯，主人不关电视，他是不睡觉的。

　　电视机还没打开，布老虎就故作神秘地说，要让他看一个意外惊喜的节目。这让查理相当期待。

　　电视机准时打开了，查理第一次看到玩偶的广告。屏幕上欢乐吉祥的陕西玩偶们，用"R&B"的节奏，边跳边唱着吉祥玩偶之歌：

　　　　请吃一颗大红枣，让你早点红。
　　　　窗口贴上抓髻娃，吉祥又幸福。
　　　　门神一对守两边，挡住妖邪鬼。
　　　　头上戴顶虎头帽，虎虎又生风。
　　　　炉边供个灶王爷，上天言好事。
　　　　檐下挂个扫晴娘，烦恼一扫空。
　　　　穿上五毒小背心，健康保一生。
　　　　个个都吹泥叫叫，人人笑盈盈。

满屋子的观众都随着节拍跳起来，查理露出了离家后的第一次欢笑。

接下去是卡通玩偶广告。

一声巨响，火光冲天，大地冒起阵阵浓烟。烟火中，两只体形巨大但动作笨拙的怪兽从天而降。他们全身披着厚厚的鳞甲，在城市中心横冲直闯，高楼大厦在他们脚下就像积木一样被踢倒压塌。城市的灾难降临了。突然，不知道从哪里冒出来几个银盔银甲、顶天立地的"救世主"，原来是外星人奥特曼！只见奥特曼挺身上前，与两只怪兽斗在一起。经过一番激战，奥特曼打败了怪兽，城市保住了，人类得救了！

广告之后进行了卡通玩偶赠送活动。穿着奥特曼服装的丑巫把精制的怪兽玩偶发给现场的人，拿到免费怪兽的孩子们无不兴高采烈！他们开始喜欢怪兽。

有一个孩子问道："奥特曼为什么是外星人呢？"

丑巫回答："因为地球人没有能力，保护不了自己，这个世界谁有能力谁就说了算。"

孩子们沉默了片刻，有人说："我将来一定要比魔兽还有能量，把欺负过我的人都吃掉！"

"电视台怎么能播这样的广告呢？"查理像吃了一个苍蝇，好心情一下子无影无踪了。他气愤地说："强盗有能力难道就强盗说了算吗？"

"你生什么气啊！我们的耳朵都听出茧子来了！"抓髻娃娃说。

"什么刺激！威力！级别！分值！这些才是最响亮的！比

我们陕西大叫驴叫得还要震撼呢！"小布驴说。

"这怪不了别人，人类本身就是喜欢你争我夺，你死我活的动物。"布老虎说，"你们忘了打死一只华南虎的英雄武松，后来还在墙上写上'杀人者武松'！"

"那恶虎和坏人是该杀的！"门神说。

布老虎："来了不是？说不清楚的，所以孩子们从迷刀、迷枪、迷飞机大炮，到迷怪兽是拦不住的。问题是不能逼得我们没活路，骂民俗玩偶是弱智、老土、落后，除了压箱底或者垃圾堆没有继续存在的价值。"

"要按这个逻辑，我们这些老毒物就流传不到今天了。"五毒背心上的蛇、蝎、蜈蚣、蟾蜍、壁虎五毒齐发。

"一手遮天，唯我独尊，就是不对的。"查理说。

"我看有奶就是娘！有钱就是爷！那么好的玩具白送，那么好的动画片白播不收费。这么有名、有利、有市场，还有钱赚的事儿，凭什么不火啊？"精明的花脸猫自有高论。

查理有些激动，让众玩偶带他再访偶客栈，他想会会那个在电视上胡说八道，来路不明的丑巫。

可是玩偶们个个面露难色。"对不起，查理，我们吉祥玩偶的功能只是祈福和疏导，在世上播撒和谐幸福，我们不是来人间战斗的，所以只会防卫，不会进攻，也不会责难任何人！"

"一群废物！"花脸猫这样说。

查理急忙打住，不再谈论这个话题。

那天晚上，查理和谁也没有打招呼，悄悄地溜出来，顺着自己留下来的气味摸到去玩偶客栈的路。这不会有错的，即使有一百条狗都在同一个点上留下了排泄物，查理也能找到属于自己的。

这就是中华细犬代代相传的特质，在群居中深藏个性，因个性而追寻高品质，尽管身处逆境也不会放弃。比如现在的查理，虽然只是一条流浪狗。

翻过几道山梁，他很快来到了一个高岗上，站在这里，查理能看到远处的树林。已经很接近玩偶客栈了，他仔细辨认，绿色树冠中能否看到客栈的围墙。

突然，天空中出现了一个亮点儿，紧接着变成火球状，高速向他的位置接近。

查理望着天空中越来越大的火球，他在琢磨："这会是什么？肯定不是炮弹，是飞碟吗？"

没容他多想，火球已经在黄土坡上硬着陆，尘土升起了两米多高。好奇的查理迅速跑了过去。

烟雾渐渐落下，从黄色烟雾中走出来一个身穿白色飞行服的兔子。

"兔儿爷！"查理兴奋地叫起来，老友相见分外高兴。

兔儿爷灰头土脸地走过来。

"你来见我，也用不着弄出这么大动静啊！"查理开玩笑地说。

兔儿爷有些不好意思："我本想从空中侦察一下玩偶客栈，看看里面民俗玩偶的生存状况，有多少需要救助！没想到稍一靠近就被激光炮扫了一下，所以才强行着陆。"

"原来如此！"查理帮兔儿爷扫去身上的灰土。

"好强的防空火力！"兔儿爷感慨。

"我也正打算进玩偶客栈看看究竟。"

"不行！有危险！那里是绝对不许外人靠近的。"兔儿爷立马来了精神。

"为什么？是客栈还是恐怖基地？要真是基地，你就该从空中攻击它。"查理气愤地说。

兔儿爷哈哈哈大笑："你以为我是什么？我只是救死扶伤，送医送药的吉祥玩偶，不是战争贩子或者无人驾驶飞机'掠食者'。当然，我们也有责任，应该警惕给地球带来伤害，给人间带来不祥的入侵者。"他理着自己的大耳朵说，"但没有证据证明他们是入侵者，起码人类不认为他们是。现在他们拿的是玩偶签证，和我们一样可以上货架、进市场、开客栈，进行正常的商业活动。"

兔儿爷看查理心有不甘的样子，又眨眨眼说："虽然他们火力猛烈，我还是侦查到了一些重要信息。"

"真的吗？"查理又兴奋起来。

"当然。"兔儿爷说，"丑巫是黑暗星人，是黑暗支配者、超级合体兽'年'（中国人的叫法），也就是太空魔王斯芬克斯（西方人的叫法）的先遣使者。在年没有亲临地球的情况下，他和他带队的邪恶玩偶都只是玩偶，对人类构不成任何直接危害。而且在这一次对抗中丑巫吃了败仗，不敢再轻举妄动，预计到花灯节这一段时间内，市场上将主要是民俗玩偶的天下。"

"是邪恶玩偶也不能采取行动吗？"查理不解地问。

"只能采取玩偶对玩偶的行动！你是动物，如果想参与，也只能按玩偶的规矩来。"

"可我真的想帮你们做点什么，比如把丑巫的脑袋咬碎。"

"那是绝对不行的！人会惩罚你！玩偶也会不理你了。"

"那我怎么办？"

"大路朝天，一人半边，走你狗该走的路，少管闲事！去寻找你的故土，去寻找你的主人。"

"不行，朋友在受欺负，我不能一走了之。"

"你真是个自作多情的小家伙！你知道吗？你真的很像你的先祖哮天犬。我在天上见过他，一个忠诚、认真、热情得使人害怕的犬神！他是二郎神的细犬，连太阳都敢咬，我从来躲着他。"

查理理解兔儿爷为什么会有这种感觉，一只烦得能够引起狗食欲的兔子，最好还是躲狗远点儿为妙。但查理还是很感谢兔儿爷告诉自己长得像先祖。

"你如果非要参与，那就必须和玩偶们一样承受，不许用动物的方式反抗，否则一次出局。"

"好的，我答应！"查理轻易不答应什么，但是只要他答应的事儿，就会全力去做，即使是错的，很愚蠢的，也会坚持做到，就像他曾经答应服从花脸猫的命令一样。

"那好吧！现在吉祥玩偶要做的头等大事就是如何与时俱进，增强自身的高科技含量，把自己打造成时尚给力的现代化玩偶。"说完，兔儿爷和查理一起返回了吉祥镇。

十二

丑巫知道自己这次是输在天人感应的念力上。他深知，不能小看这些泥蛋蛋、纸片片做成的玩偶，他们身上储存着人类几千年祈福的正能量。由这种正能量凝聚成的念力，足以抵挡任何邪魔的侵扰和伤害。

念力是一种很强的精神力量，比如人类只要真诚地对着水祈福爱与和平，水就会结出美丽的结晶；相反诅咒恨和仇杀，水就会结出丑陋的结晶。

对于人类来说，祈福有多重要，诅咒就有多危险。

天人感应是地球人专有的能力，可以说是"叫天天应"，因为儿子叫爸爸总有一种回应的方式。

这是上天给自己的儿子人类的庇护，冲破的办法只有一个，就是让人类自己放弃祈福，再用诅咒术的负能量去搅乱它。

但是丑巫束手无策，因为他和他带来的这些金属生命体，都是没有情感的，既没有爱也没有恨，所以不具备任何有机生命体产生念力的可能，只能武力解决问题。

丑巫深知"唯利是图"是可以利用的人性漏洞，这种地球物种"弱肉强食"的劣根性在人类社会异化中折射出来的致命弱点，可以把人引向深渊。

他心里清楚，让人类放弃祈福是个大工程，不是一朝一夕就能做到的，所以他很有耐心，走街穿巷喊"破烂儿换洋火儿"，用高价卡通怪兽去交换那些泥蛋蛋、纸片片、布条条制作的土玩具。把"恨"发给孩子，把"爱"收走。他又在电视台大把撒钱，吊孩子们的胃口，心里分分钟钟默念着："拉瞎，拉瞎，拉到河里喂王八……"

丑巫用黑暗之星的高速计算机破解过人类的命运，得出如下结论：

人类：拥有智慧基因的地球生命。

智慧基因：爱和反思宇宙的能力。

地球生命：弱肉强食和盲目从众。

宇宙机遇：给人类的有限时间、空间。

人类成功＝在有限时间、空间内，爱和反思宇宙的能力渐强并取代弱肉强食和盲目从众。

人类失败＝在有限时间、空间内，弱肉强食和盲目从众渐强并取代爱和反思宇宙的能力。

这个简明的公式让丑巫异常清醒，也认定了打击人类的有效方式。

那是一个晴朗的日子，日落月升之时，天空的能见度依旧很高。丑巫正在做入夜前的例行检查。玩偶客栈完全是按照黑暗之星军事基地的模式设计的，选址由黑暗支配者太空魔王亲自确定。防御体系，从预警到火力配置，都由黑暗星定位系统直接操控。别说从大门进去，就是空中也是严密设防的。

突然，防空警报响起来，配备有M87高温激光炮、七色必杀光的怪兽天王和超级合成兽同时把炮口指向空中。

只见一个定位悬浮的飞碟在玩偶客栈的上空闪烁着，而且高度不断下降。

"开火！"丑巫一声令下，五颜六色的交叉火力网像礼花般射向空中。

飞碟突然起动，速度极快，一闪即逝。

丑巫的中枢系统收到了黑暗支配者的指令："巨月将接近地球，天象异、魔怪出，灾、风、火、水将肆虐地球。抓住良机在人类的恐慌中用诅咒取代祈福，一举击垮吉祥玩偶，地恶邪灵将助你成功！"不过，这段太空指令同时也被兔儿爷的飞碟收到了。

丑巫刚想问个究竟，只听"轰"的一声巨响，地面轰然塌陷，陷出一个方圆几十平方米的大坑。断裂的木材、钢筋、碎砖砾、烂瓦块不断地向大坑滚去。坑洞中更是放出浓浓的白雾，周围的一切包括那些掉下去的怪兽玩偶都被那疯狂的洞吞噬了，只有惨叫的声音越来越远，渐渐减弱，直到完全消失。

丑巫也未能幸免，他被从地上吸了起来，眼看着身体飞向坑洞，顿时心头一紧，冷汗直冒，全身僵硬。但就在要坠入深洞的最后一刻，一切突然定格了。他的身体横在空中，除了眼珠能转,哪儿也不能动,过了好一会儿,才恢复正常。

丑巫被狠狠地摔在地上,他使劲揉了揉眼睛,定睛一看,面前是一个地宫,有石阶通下去,一口方形的石棺赫然放在石阶尽头。

丑巫小心地走进去,听见棺中吱吱作响,传来石头与石头的摩擦声。石棺的盖子缓缓移动着,丑巫屏住呼吸,全神贯注地盯着石棺。不一会儿,石棺的盖子完全打开了,只见里面布满尘土,有一副残破的人形木偶,身上像刺猬一样扎满了各式各样的尖锐物,木针、骨针、铁针、钢刀,甚至玻璃碴子。他双目怒睁,射出的冷光极其恐怖,看似死于非命。身旁,散落物品中藏有一本书。

丑巫拿起那本书,抖去尘埃,露出黑色封皮,上写三个血红大字:诅咒术。他轻轻翻开书页,里面没有文字,只有一页一页的白纸。

突然人形偶开口说话了:"无字天书我教你!"随后,他伸了一个大大的懒腰,高声念道:"天不灵!地灵灵!妖魔鬼怪随我行!"

丑巫和众怪兽虽然是黑暗之星上的金属生命体,也被强大的邪恶气场冲得跌倒一片。

"你们好!我这一觉一千年,如今地球谁主沉浮啊?"人形偶问道。

丑巫慌忙上前跪拜:"前辈大师,现在地球还是人类统治。"

"好说!好说!人类好对付!只要有了人一切皆有可能,

包括什么人间悲剧都能制作出来。搞定人的事儿，找我'地恶灵祖'就行了。"人形偶说着，从石棺中蹦了出来。一身针扎得他很舒服，对他来说就像是华丽的装饰品。

丑巫一边磕头一边说："灵祖大人在上，请受徒儿一拜！"

"好说好说，我是该有一个黑暗星人的徒弟，让我从地狱重返人间。"

"请问师父，如何才能破坏天人感应的念力呢？"丑巫急不可耐。

"让人类'叫天天不应，叫地地不灵'，做到这一点并不难。"

"请灵祖教诲！"

"先说'叫天'，其实天一直是应的，所以祈福才有如此大的威力。'不应'那是因为叫法不对，叫的内容不对。杀人放火'叫天'，天能应吗？"

"师父真幽默！"

"再说天又不是狗，随叫随到。就算天是你爹，爹的'应'法儿，儿子也要听得懂才行。平时躲着爹，尽干伤爹害娘的事儿，用得着了就急来抱脚，这种叫法，'应'还是'不应'？！"

"'叫地地不灵'，那是因为你钱给的不够，不到位。'有钱能使鬼推磨'，不仅仅是给不给的问题，而是会不会给的问题。会给才能给到位，所以'叫地地灵'也不简单呀！"

"师父圣明！"

"'天灵灵'，哈哈！那是'虚'的！梦和理想、爱和智慧，看不见摸不着。'地灵灵'才是实的！名、利、权、金银财宝，样样真真切切。想用'虚的'去管理'实的'，构想不错，理论上成功。但是几十万年的实践是越管越乱,得出的结果是人类自作聪明的画饼充饥。

"'地灵灵',只要唯利是图,有争、有斗、有利、有图,那就够了,足以'地灵灵'了。

"所以就有了我的比祈福还灵的诅咒术。就有了'天不灵,地灵灵!妖魔鬼怪随我行!'历朝历代,争权夺利给我上供的不少,香火不断啊!"

"为什么诅咒术能比祈福还灵呢?"丑巫又问。

"祈福属天、属阳,是为'公'的,解决人类大众的事儿太难了。诅咒属地、属阴,是为'私'的,所以古往今来在名、利、权的争夺上,个人成功的辉煌数也数不清,只要掌握好一条'不见天日'就行了。"

"可是怎样才能不见天日呢?地球、太阳同在天空之中,总不能像您,一埋就埋上千年吧?"

地恶邪灵有些不爽,训斥道:"你蠢成这样,如何做我的徒弟?"

丑巫急忙连声诺诺:"小徒愚钝,愿听灵祖训斥!"

"藏在心里嘛!"地恶邪灵阴险地说,"不懂最毒莫过人心吗?"

丑巫急忙解释:"灵祖在上,我忘了禀报,黑暗星人是没有心的,我们的一切思想和行为都是超高速计算的结果。"

"那有何难?我就送给你一颗恶毒的心,这样就可以把诅咒术运用自如了。"

地恶灵祖说着一指点住丑巫的心脏部位,口中念道:"天不灵,地灵灵,妖魔鬼怪随我行!"刹时间黑云惨雾,寒光绿火把地穴罩住,只见地恶邪灵身上,凝固着人类百万年发展史中诸多诅咒和积怨的毒针一根根飞起来,全部钻进丑巫的躯体。电流在他周身流窜,丑巫的头发被电得全部竖了起来,口中冒出了阵阵青烟,脸庞焦黑,赫然倒地。

过了好一会儿,身上的青烟慢慢散去,丑巫这才回过神来,看看自己的手臂,被电流烧得面目全非。费了好大的力气,他才慢慢从地上爬起来。此时地恶邪灵已经不见了,或者说已经进到了丑巫的身体里,地下只剩那部《诅咒术》。

丑巫的躯体是黑暗星物质构成的,否则早已在诅咒和积怨中湮灭了。

在天象、气象和地象容易发生剧烈变化的蒙德极小期的最后一年,出现"巨月"。月球千载难逢地靠近地球,说它对地壳毫无影响,那是解释不通的。

上善若水,大海;厚德载物,大地;就是地球的全部表面积,百分之七十一的海面和百分之二十九的陆地。而月亮作为最靠近地球的天体,它的力量是巨大的,影响是无时、无处不在的。月球漫不经心就把"上善的水"变成大海的潮汐,难怪有诗说"月中轻摇桂树,人间唤作凉风"了。

陆地看不见海那样的潮汐,但潮汐的力量依旧是存在着的,就像暗物质依旧存在于宇宙之中一样。

"巨月"作为最后一棵稻草,它让地壳的潮汐引发板块的碰撞,应力的释放是完全有可能的。

不管怎么说,九级的地震爆发了。日本本岛下沉五米,移动几十米,这个陆地的"浪"我们即使不用惊涛骇浪形容,也可以用惊山动地来形容了。

这么大的动静,把深藏不露的怪物和潜伏的危机惊显出来,那也是不足为奇的。所以全球频现地陷大坑,深海游出巨型怪鱼。在这种"天象异"的时空点上,深藏地下千年的"地恶邪灵"因势而出重现人间。

太空魔兽"年"作为黑暗支配者,他能用人类的谜语难倒人类,当然也知道发明诅咒术的"地恶邪灵"被埋的位置,所以选址修建了玩偶客栈,并利用丑巫完成了黑暗星人可以干扰天人感应的转型。

现在,他可以梦想了,用诅咒直接阻断祈福的念力,让地球人真正陷入"叫天天不应,叫地地不灵"的必然灭亡之路。

得邪灵真传,丑巫欣喜不已。他抱定《诅咒术》,闭于客栈,日日修炼,不知食寝,不分朝夕……

数十日之后,丑巫习得招鬼引魂、画符点咒之法,练得伏魔之印,念得"临,兵,斗,者,皆,阵,列,在,前"等九诀,能操尸布阵,控人心法,夺人精魄,破人气运。

大功告成之后丑巫遂使用五鬼搬运之法,将被大洞吞噬的所有怪兽玩偶的尸体悉数清出,按照鬼尸魔阵摆在客栈周围,墙顶各处贴镇宅符咒,将整个客栈布置成灵堂炼狱一般。他又设置了各种灵罚鬼刑,只待将那些守护在人类身边的民俗玩偶引来,一一设法降破。

如今的丑巫已是全身无数荆刺,面无血色,两眼暗淡,眼球发白无神,所到之处,草木凋零,冷若寒冬。

九九八十一天之后，丑巫命手下怪兽搬出用卡通兽换回的民俗玩偶，选出不同式样的，统统搬进第一层的一个房间里。房间内无窗无门，只有几张杏黄符咒贴于房梁围墙，中间是一个大水池，里面装着透明见底的冰水。

丑巫将吉祥玩偶用五寸钉钉在墙上，又在每个玩偶的心脏部位画上一个"×"。随后，丑巫进前，双手合十向地面拜了三拜，然后念动咒语："地狱最古老的邪魔啊，请从亿万年的沉睡中醒来，倾听您后世子孙的祷告！助我逆转这个世界的秩序……血色魔莲！"念罢，丑巫从身上拔下一根毒刺扎进面前抓髻娃娃心脏部位的"×"中。池水瞬间化为血色，开始鼎沸翻动，不断外溢。

十三

话说查理和吉祥玩偶们早已成了好朋友,他们天天聚在布老虎家看电视,在一起载歌载舞又唱又跳。玩偶们学会了摇滚,查理学会了信天游,唱起来的分贝比小布驴的叫声还要高。

今天查理亮开嗓子,刚刚一个高音唱上去,灯泡和电视同时一明一暗地忽闪起来。

"对不起,也许我走调了。"查理不好意思地道歉。

灯还在闪,玩偶们都觉得有点头晕目眩。抓髻娃娃突然"啊"地叫了一声,"不对劲儿!有邪魔咒拘我。"话声未落,抓髻娃娃已经腾空而起,被一股黑风卷走了。

扫晴娘急忙升空观察,看见黑风裹着抓髻娃娃飞向了玩偶客栈。屋中的众玩偶得知消息后,全体出动。他们决心攻入玩偶客栈救出抓髻娃娃和被困玩偶。

抓髻娃娃被魔咒捆进客栈,抛向血莲池,但他毫无惧色,轻轻抬脚,腾身而起,避水流于凌空之上,同时放出金光护住身体。

丑巫嘴歪眼斜，念动咒语："黑暗之箭——请魔圣化为破裂之箭，刺穿正义之盾吧！"顿时池水飞转，倒挂空中，贯于房梁，抓髻娃娃无处躲避，被血池之水所淹没，潜灵入魔，身色暗淡，寓意全无。

查理、花脸猫和众玩偶一起冲到玩偶客栈门口，大家各显神通。小布驴几脚把守卫的怪兽踢飞；布老虎飞身一跃，用他的铜头铁骨撞翻了走廊上的数名变形金刚；扫晴娘腾空而起，扫除屋顶上各种灵符画咒，解除玩偶身上的诅咒；叫叫猴走在最后面，发出超强幻音声波，震得客栈中所有怪兽满地打滚。

民俗玩偶冲破怪兽防线，到了关押抓髻娃娃的地宫门前，正欲破门而入营救同伴，突然房门洞开，数道黄色鬼符从门中飘飞而出。

众玩偶疾速躲闪，只见那黄色鬼符直冲屋顶，向飞在空中的扫晴娘扑去。扫晴娘泰然自若，用扫帚将黄色鬼符一一扫落。这时，门内丑巫急念万恶群妖定神咒，只见那正在飘落的鬼符，猛烈抖动，似有灵性般瞬间幻化出数百张，一齐向扫晴娘飞扑过去。

扫晴娘一阵慌乱，双拳难敌数手，鬼符左一张右一张叠在一处，将扫晴娘牢牢封堵在了天花板上。

扫晴娘顿时灵性俱失，目中滴泪。众玩偶唤她声声不止，可扫晴娘再也说不出话来了。

小布驴、布老虎、叫叫猴等见事已至此，唯以死相拼，他们个个怒目圆睁，一起向丑巫进攻。

布老虎一马当先，凌空一跃，来到丑巫面前，丑巫反应也极为迅速，从怀出拿出一尊面具，面具上刻有"年"的形象，戴上之后便具备了通魔的能力。

布老虎对着面具一头撞了过去，不想那面具非寻常物，不但坚实无比，还带有强大的辐射。这一撞，布老虎早已是头晕目眩，全身无力，踉跄两步，一头栽倒在地，昏死过去。

一旁的小布驴扬蹄猛踢。丑巫从袖中取出针蛊，向着小布驴抛去，小布驴闷哼一声，被无数针蛊钉在了对面的墙上。

叫叫猴见状，急得乱叫，发出超强幻音声波。丑巫对这雕虫小技一点也不怕，他一把抓起叫叫猴，将他扔入蒸笼之中，叫叫猴顿时动弹不得。

自从冲进玩偶客栈的第一分钟起，查理和花脸猫就像是被一道无形的墙隔开了。无论他们怎么叫，怎么又扑又咬，也没有玩偶能发现他们的存在。

眼前像是在上演一场玩偶大战的 3D 电影，看得见，感觉得到，犹如身临其境，但就是触摸不到那些影像。这让查理想起兔儿爷的话："不要多管闲事儿，如果非要参与就要按玩偶世界的规矩办事儿。"

丑巫大获全胜，报了上次败阵的一箭之仇。他望着客栈中这些被制伏的吉祥玩偶，心情好极了，于是收起自己的偶鬼尸魔阵，玩偶客栈恢复了常态。此时，丑巫才听见了查理和花脸猫的叫声。

"动物先生们，你们来了，我叫丑巫，是这里的总导演。"

"这里是电影拍摄基地吗？"花脸猫问，因为他一提拍电影就迷。如果可能的话，潜规则他也要试试，能一炮而红那还是值得的。

"基地！说得不错，这里是一个真正的基地。既然你们期待，那现在就开始拍摄。哈、哈、哈、哈、哈……"黑暗的袍子下面，露出了丑巫的牙齿。

屋里弥漫着腐臭的气味，就连空气都好像是灰色的。屋顶正上方，几只破旧生锈的风扇吱吱悠悠地转着，一盏古老的吊灯发着忽明忽暗的光，周围被蜘蛛网笼罩着，蜘蛛网一直伸展到房顶上，把整个灯包裹得严严实实的。

在这个充满迷雾、黑暗的死静房间，查理能听到自己的心跳。

屋中央是一个小舞台，舞台周围亮着鬼魅的灯光。怪兽们看押着被俘获的玩偶，让他们排队守候在台下。

"要让玩偶们演戏吗？"花脸猫问查理。

"不可能，丑巫是个恶毒的家伙。"查理保持着高度警惕，准备随时有所行动。

"哈哈，玩偶精灵的一生永远是在做戏，但这里是他们退出舞台忘记自己的地方。"丑巫得意地宣布。

这时，几个金属生命体将扫晴娘押到舞台上，七手八脚用铁链把她拴在舞台中央的椅子上。

丑巫从舞台对面推出了一团黑黑的东西，随后掀起了黑布，呈现在玩偶面前的是一架老式的摄像机。奇怪的是，这架摄像机的支架是由无数条章鱼腿组成的，像是机械与生物的杂交合体。无论摄像机如何前后左右，上下高低移动，章鱼支架都能保持绝对的平衡。看来章鱼的平衡力不仅仅表现在对"世界杯"的判断上，就连魔鬼都认同。

章鱼腿在保持摄像机平衡的同时伸出一条托住扫晴娘的脸，用脚上的吸盘调整着头的角度。台下的玩偶们发出惊呼，查理猎犬的激情也让他做好了出击的准备。丑巫阴笑着掀起蒙头的袍子，露出冲天的直发。

"紧张什么？怕镜头吗？这是摄影，不是射击！胆小鬼们！"

"你才是胆小鬼！用这种见不得天日的阴招，是打不败我们的。就算你把我撕成碎片，烧成灰烬，也清不掉人类的祈福！"扫晴娘一脸坚毅，眉宇之间还带着顽皮。她是民俗玩偶中不多见的阳光女孩儿，心态永远是沙滩、海浪、阳光般灿烂。

丑巫气得发抖，他放下斗篷，遮住自己丑陋的面孔。

"那就试试吧！"他"咔嚓"一声按下了快门儿，顿时屋内亮如白昼。查理也被摄像机的怪光弄得一阵眩晕，头蒙蒙的，有点难受。

再看台上，一团紫色的光芒从扫晴娘的体内升了起来，那光芒正要逃离别处，就被转动的镜头一下子吸进了摄像机。

扫晴娘眼睛翻起，盯着天花板，头上的大红花变成了枯萎的白花，她失去了玩偶的精神意识，被怪兽们拖下了舞台。

丑巫面带得意，从摄像机里抽出一个仿真造型的扫晴娘。低垂着头，没有睁眼，没有反应。丑巫点燃一支红蜡烛，拔出一根五寸钢针，把红蜡烛滴出的泪油涂到雪亮的钢针上，然后插入仿真玩偶的心脏部位，口念咒语："体——民佗列佟。"

仿真玩偶像被注入了生命，慢慢抬起头，睁开了一双有绿光的眼睛。

丑巫继续念道："在太空中游荡的魔王，请消磨我对手的意志，控制我敌人的思想……魔魂咒！"

丑巫话音刚落，仿真玩偶从椅子上跃起，对丑巫三鞠躬，伏首听命地说："愿为主人效劳。"

丑巫仰天大笑："好！今后你就叫'扫阴婆'！你的祈福改成诅咒：骑黑马上黑云天，扫来沙尘堆阴霾，空气污染、染、染、染。"

丑巫气定神闲地扫视了一下玩偶们，然后一个个如法炮制，用章鱼吸魂摄像机把吉祥玩偶全部改造成冒牌仿真品，给他们输入恶毒诅咒，完全替代了吉祥的祈福。

抓髻娃改叫抓鸡娃，诅咒语是："多生房生，生、生、生、生男生男不生女。"

小布驴改成小笨驴，诅咒语："吃吃吃，不吃白不吃，食品安全是白痴！"

叫叫猴改成噪噪猴，高喊："噪音噪音噪音……"

丑巫就像废人的武功一样，废了玩偶们的神通，把他们变成了真正的泥蛋蛋、纸片片、布条条，变成了给人类带来恶运的不祥之物。

搞定了全部吉祥玩偶之后，丑巫带着一脸奸笑对着目瞪口呆的查理和花脸猫说："你们不用担心，你们不是玩偶，是动物，不会被埋葬的。你们的生命不是人给的，很难复制。再说我是玩偶丑巫，跟动物的关系是互相利用。你们只要听话，就能在这里过好日子！"

"不可能，我要回自己的家，不会待在这个可恶的客栈里！"查理说。

"哈哈！你已经到家了，小狗。八百年前你的祖先就是从这里去欧洲的，你根本就不是什么血统高贵的贵族狗，而是本地出产的土狗。"

"我不信！再说土狗怎么了？贵族狗又怎么了？总之都是猎犬，都是有犬牙的！"查理毫不退让，尽管他身处险境。

"别傻了，这里有吃有喝，还可以狗仗人势地去管治别人！"

"我不干！"

"其实很简单，你只要念上一句'摇尾乞怜'，再把尾巴摇一摇就有骨头吃了。"

"你做梦！"

丑巫发火了，他脱下帽子，拿出自己那根像三棱刺一样的魔法棒儿对准了查理。

"让我念吧！猫从来做得都比狗好！"花脸猫把话接过去。他怕丑巫加害于查理，便挺身而出，把危险挡住。

查理一阵愕然。

"好吧，不过你另有台词。"丑巫收起自己的魔法棒儿，"你改名'招财猫'，只需要做一个动作，摇动手臂不停地念'招财进宝'四个字，简单明确，有了钱就什么都有了！这是所有人类祈福中最接近诅咒的语言。"

花脸猫不顾伤痛，马上挥动手臂念起"招财进宝"！说也奇怪，他被压伤的左前爪子再也停不下来，像上了弦一样地挥动着，嘴里不停地念着："招财进宝……招财进宝……"

"哈哈，看看多吉祥啊，狗崽子你不识抬举。"

"来人哪。"说着，丑巫身后出现了一排金属生命体的怪兽。

"把他给我绑到台上去。"

怪兽七手八脚把查理绑到了前面的舞台上。

丑巫怒不可遏地按下摄像机。"咔嚓！"

查理看见了摄像机闪过一道白光。过了一会儿，他睁开眼睛，发现自己什么事情也没有。

丑巫看查理竟然对摄像机毫无反应，把摄像机一阵狂按。"咔嚓！""咔嚓！""咔嚓！""咔嚓！""咔嚓！""咔嚓！"周围的玩偶，包括怪兽和金刚都被晃得晕倒在地，可是查理竟然毫发无伤。

丑巫见状大为恼火，只好命人把查理押到客栈后门，用粗铁链牢牢锁在后门一只镇宅大石虎的爪子上，等到改日再发落。

月亮初升，瞭望着苍茫大地，月光穿过无数繁华的楼宇亭台来到了查理的面前，石虎旁的查理用手玩弄着眼前的月光，无聊地修整着他那有些长长的脚趾甲，在无聊地乱想。

"为什么我的爪趾收不进去，花脸猫的爪趾在不用的时候就能藏起来呢？他的左前腿受伤了，这么不停地挥动，能行吗？唉！这家伙又奸、又傻、又可气、又可爱。如果不答应丑巫，现在兴许和自己锁在一起，那样不是还可以有一个伴儿吗？"

查理觉得自己在不知不觉中已经接受一只猫了，现在不是出于承诺，而是出于自然而然的相知相识。尽管狗和猫永远会有很多不一样，但还是可以在忍让中和谐相处的。因为猫毕竟也是地球动物，身上有着可以理解的缺陷……

身边的镇宅石虎也是吉祥玩偶，自从丑巫进入这座宅子之后就被施了咒语。

"你好，我是新来的，叫查理。"他想和石虎交流。石虎不理他，像着了魔一样念着诅咒："虎落平阳受犬欺……"

"可我从来没有欺负过你。"

查理在想，哪一天，自己会不会也去念"犬落民间受猫欺"？但起码春天不会。春天他会去想生命的萌动，为此他开始谢天谢地，自己的生命不是人给的，而是上天给的。旁边这个石虎就是人给的生命。虽然看上去很威风，块头也很大，却永远不会对五米开外的另一只石老虎产生任何想法，无论是春天还是秋天，白天还是夜晚。总之，是人给的都很麻烦，领受起来不容易。因为人只会按着自己的好恶来安排周围，给予和索取都由着自己的性子来。

又一个黑夜降临了，月亮从乌云中闪出来。窗上的蝙蝠变成了恐怖的黑色，整个客栈里只有丑巫领着怪兽，睁着血红的眼睛在院子里巡视。

查理枕着自己的爪子睡着了，梦中他见到了最美的、最让他兴奋不已的事儿。在黄土高原的夜风里，他居然嗅到了储存在美好记忆库中的卢西的味道，那只王妃姐姐的拉不拉多母犬。她的叫声有超乎寻常的穿透力，即使离得很远，在皇家花园人工湖的对岸，她那种充满雌性魅力的叫声也能使查理浑身发抖。

应该承认声音的表演能力几乎比形象和身材都重要。通过耳朵深入身体,并永存在那里,即使没有身体对身体的触碰。难怪有人要抱着电话不撒手。

当然身材也是很重要的。人本来说眼睛最重要,因为是心灵的窗户,但近来,人的感觉越来越和兽一致起来,认为身材重要。如果窗户里什么也看不见,当然会这样认为……

查理醒了。他站起身仰望着月亮,这些天所经历的一切都历历在目。自己,一个犬神的后代,有着威震欧洲的祖先和猎犬扑杀的超能力,如今却被一群没有生命,靠人类的厮杀欲望横行于世的卡通怪兽锁在这里,这也太窝囊了!

他的血液在奔腾,是的,不错,我答应过不用狗的方式对付玩偶,但是我有权对着地球,对着人类喊出我的不满,因为我也是上天的儿子,地球这个共同家园的主人,尤其是在靠近自己的祖先,靠近自己的根的地方。

于是,他本能地发出犬类求助的长啸声,他想用来自远古,来自犬、狼、狮的共同祖先传承下来的声音和力量去抵抗客栈里不绝于耳,让人崩溃的诅咒。

这种和狼一样的啸声,曾经是可怕的。在人类的语言没变得丰富的时代,这种声音是地球上最强悍的。联络同类,完成群体作战,近乎无往不胜。是人分化了狼的群体,坚持了人类的团队,通过狗,用这种自己恐惧的啸声去恐吓别人。

查理的啸声,凝聚着蛮荒的生命爆炸力,在寒彻的月光中蘸火成利剑和天地共鸣一处传扬开去……很远很远……

不知过了多久，查理听到了，像是从天外传来的回声，而且声音越来越近。终于，月光中查理看到了一条小狗优雅的身影。

"你好，我的名字叫女士，你需要帮助吗？"一个女性的礼貌的声音。

"也叫女士？"查理有些惊愕。"你到底是神仙，妖怪，还是精灵？"他问道。

"不，我只是一条土生土长的小狗，第一次离家出走。"

"离家出走，为什么？"

"见见世面，挑战自己。"小母狗说得很平和，听上去却完全像一个女权主义者。

"离家出走，嗯，这是一件很能挑战自己的选择。"查理想起了自己，尽管他的离家出走不是自己选择的。

"我也是离家出走的。"

"真的？你的家很远吗？"

"在地球的那一边。"

"太酷了！"小母狗的声音提高了八度，几乎是惊喜地尖叫。

这时候查理才发现，这条小母狗既像庙会里那条让他动心的小狗女士，也像卢西。

"你的家呢？"他问。

听了查理的提问，小母狗打开话匣子。"我的家乡美极了！'古丘如船，船载碧川。'是黄河上一片像小岛似的滩涂。奔腾的河水从身边一分为二，环绕着它。"

"那你为什么还要离家出走呢？"查理在想她一定是受欺

负了，或者感情出了问题。

"我喜欢飞。"小母狗的回答完全出乎查理的想象。

"我喜欢去寻找新的开始，因为生命的全部意义就是去寻找新的开始……"她沉默了，也许进入了对飞的向往。

"可狗是飞不起来的，那岂不成了癞蛤蟆想吃天鹅肉！"查理想把小母狗拉回现实。

"癞蛤蟆是个了不起的动物。"小母狗像是在对自己说。

"为什么呢？"查理觉得自己有点傻。

"因为他想生出理想的翅膀，除非被温水煮死。"

查理真有点听不懂了，这么漂亮的一条小母狗却欣赏癞蛤蟆。

"更可贵的是癞蛤蟆不仅仅是个梦想家，而且是实践者，他完成了生命从水生到陆生的飞跃。"

"你是哪所大学的？"查理真的想不到自己怎么问出这句话，好像很顺理成章。

"我的大学就是我的家乡'轩辕之丘'。"

"真的？！太高兴能见到你了！"查理极度兴奋，他蹦起来，忘记了自己还拴在石虎上。

"我的祖居地也叫轩辕，看来和你说的是一个地方。"

"太好了，我们轩辕的规矩，子孙不管走多远都是一家人。我决定了先带你回家乡，再去飞！"

查理和女士聊得火热，身边的石虎大概也受到了感染，又开始念起咒语："虎落平阳受犬欺……虎落平阳受犬欺……"

"一点不错，虎落平阳受犬欺。"女士突然对石虎说，"我认识你,你忘了?我就常常欺负你,咬你的指头。"

"是吗?"镇宅虎听到自己说的话有人懂,关注之极,因为这能解开他"虎落平阳受犬欺"的困扰。

"不信你举起爪子看一看,上面还有我咬的伤呢?"小母狗的斩钉截铁让人不能不信。

镇宅虎真的抬起爪子借着月光观察起来。

查理抓住时机,从虎爪上摘开了铁链。

当石虎反应过来的时候,两只聪明的狗已经消失在夜色中。

查理凭着出色的嗅觉找到了花脸猫。只见他跪在桌上,眼睛都睁不开了,可手臂还在摆动着,嘴里像录音机一样播放着:"招财进宝。"

查理大叫一声:"给钱了!"

花脸猫马上放下挥动的手臂,激动地问:"钱在哪儿?"

看来给钱真的管用,即使是一张空头支票,甚至一句接着一句的谎言,也都有人相信,也会叫人心中一震。

查理背起花脸猫转头就跑,此时客栈拉响了警报声。

这三只被人类训练过的动物,学会了容忍人类,应付人类的高手,成功地逃脱了。

十四

狂奔,前面是广漠的高原,心中是逃脱的兴奋,身后是危险的追击。没有一点疲劳的感觉,心脏给出了超量血液,就像飞机打开了加力器。一阵冷风吹过,卷起了路边的黄沙落叶。

生命的逃脱,是自由之神的偏爱和恩赐,时间和空间点的错位又给了你一次爱自己和重新选择的机会。查理拼命地跑着,此刻他只有一个念头,尽可能快、尽可能远地离开玩偶客栈。

天是黑的,但月光可以照出移动的影子。查理一行顺着麦田的垄沟飞奔,目标是下一个田埂。就这样他们不知把多少个田埂都甩到了身后……

前方是一片丛林,墨绿色的一片,在夜色中发散着微微的蓝光,寂静中飘着一阵肃杀的气息,有几声不明确的声音传出来,渐渐地,远处绿幽幽中显现出点点红光,那些光点在移动,草木在晃动,发出"簌簌"的响声……

女士小声问身边的查理:"前面是不是有声音?"

"嘘!"查理转过头来,抬起前爪,动了动自己的耳朵。他早就听到了。

一声呼啸划破黑夜,紧接着又传来了两三声怪叫,树丛中蹿出一只五米多长的怪兽。他的眼睛发着贪婪的红光,锋利的牙齿流出化学黏液,随后树丛中又跳出了第二只,第三只……一共跳出来四只暴龙型怪兽。他们有着狰狞的面容,恐怖的大嘴里流着贪婪的毒液,发出声声低吼,向查理他们步步逼近。

花脸猫大叫一声:"啊……怪兽……快跑!"说话间已蹿出好远。

查理拉起一旁傻愣着的女士,向旁边树林深处跑去,身后黑夜中纷乱的杂草,在兽的脚下呼呼生风,几只凶恶的暴龙型怪兽,群起而攻,个个怒目圆睁,钢牙交错,疾如旋风般向前飞扑,紧紧地追咬着查理他们。

跑在最后面的花脸猫,惊飞了七魂八魄,因为久坐未动的缘故,几条腿并不好用,可他管不了许多了,连滚带爬拼命地向前奔跑着,豆大的汗珠挂在脸上,呼哧呼哧地直喘粗气。

巨大的骚动惊起了无数正在酣睡的生灵,树林里立刻变得嘈杂纷乱。查理身形矫健,全速向前的身体伸展度比猎豹还充分、漂亮。

女士紧随查理,虽然是逃跑,却方寸不乱。她回头观看,正好看到其中一只怪兽冰冷的眼神,狰狞的獠牙,惊出一身冷汗。查理突然变速引开了女士身后的暴龙怪兽。树林中掀起阵阵烟尘和树杈、树枝在碰撞中断裂的声音。

不知跑了多久,红日冒出了山梁,身后的怪兽在第一缕阳光中瞬间消失了。

查理深深地吸了一口气,心终于可以慢慢地放下来了。花脸猫直接瘫倒在地:"不行了,不能再跑了,我这小体格吓不死,也得累死了。"

女士平复了一下心跳,半开玩笑地说:"肥猫就全当减肥了。"

"哈哈哈……"他们发出了胜利逃亡的开怀大笑。

"我们现在在哪里?"花脸猫在光线还不亮的时候眼神最好,他仔细地观察着周围。

此处云遮雾罩,云雾中露出青砖绿瓦。早已远离了丛林的阴郁与黑暗,正在接近一个城市。

"我记起来了,"女士说,"前面就是西安,穿过这个城市,不远就是咱们的家乡轩辕之丘。"

查理非常激动,每向前一步,大地都会通过脚底给他一股力量。在女士的引领下,他们一路向西安进发。

"咕噜噜……咕噜噜……"

"咦?这是什么声音?"查理听到肚子里有东西在叫。

"怎么会叫呢?"查理纳闷。

"拜托,不要这么大惊小怪好不好,你这流浪狗怎么混的,这是肚子饿了,在叫呢!"花脸猫非常明确地告诉查理。

"可是我怎么一点也不觉得饿呢?"查理说。

"那是你兴奋过度,忘记了饿。"女士说。

"可是我饿了。人是铁、饭是钢,一顿不吃饿得慌。"花脸猫说。

"那是跟人混出来的坏毛病。其实我们狼犬一族是耐得住饥饿的,一顿饱餐可以顶很久,几天不吃也行。"女士说,"现在人类都在向我们学饥饿减肥法。"

"我们认同人类,应对人类,也逼出了一些好东西,生命容忍度最高,适应力最强。"查理说。

"你什么意思?没听懂!"花脸猫说。

"你不是说过人很难伺候吗?这就逼我们学会了容忍,但不等于屈服,你放弃过兽的原则吗?没有!我们只是在和人相处的过程中不激化矛盾,在不可能的相同中找相同,用一忍、二躲、三掺合存在下来,存在下来才有了看似不坚持的坚持。"查理说。

"服你了!看来我是猫眼看狗低了。查理我不是开玩笑,我是从心里佩服你,不是佩服你贵族的血统,而是你对生存品质贵族式的追求。"

女士没有表态,她还没有认同查理。这种近似乎中庸,力求和谐,但看上去缺少血性、刚性、雄性的表达方式,一点都不爽不痛快,缺少色彩和激情。

"咕噜噜……咕噜噜……"

"怎么又叫了?"花脸猫不耐烦。

"不好意思,是我。"女士羞答答地回答。

"咕噜噜……咕噜噜……"女士和查理用很理解的眼神望向花脸猫。花脸猫挠了挠肚子,他们都笑了。

他们又向前面走了一段路,来到一个小土坡上,看到前面村子里有几户农家小院,院中勤劳的妇女正在给几只鸡撒米喂食。

"你们在这儿等着,看我的,看我是怎么弄到食物的。"

花脸猫毫不掩饰自己的骄傲。他认为以自己漂泊多年的经验,讨个食物,绝对是小菜一碟儿。

花脸猫大模大样地来到了最近的一所农家小院,刚要对着农妇摆出乞讨的姿态。一块板砖飞来,农妇抄起一把大扫帚劈头盖脸地打了过来,边打边骂:"哪来的野猫啊,跑院子里来抢鸡食。"

花脸猫刚躲过砖头,却被扫帚打得不轻,一阵眩晕,不知道发生了什么,跌跌撞撞地逃出了大门。

这回,花脸猫的脸真的花了。

他垂着头回到了土坡上,看到查理和女士在那里等他,脸上火辣辣的,恨不得马上找个地缝钻进去。

"唉,这年头长相不好挨板砖啊。难怪有人宁可死在手术台上也要整容。"花脸猫无耐地自我嘲讽道。

"你没事吧?"查理拿出他一贯的绅士风度关切地问道。

"咕噜噜……咕噜噜……"花脸猫的肚子又响了。

"我倒没什么,可是我们的食物问题还是没有解决啊!"

"查理,你是帅哥儿,又有贵族血统,不如用用你这张狗脸,会很不错的。"

查理一阵莫名其妙,用疑惑地眼神盯着花脸猫。

"什么……狗脸,什么意思?"

"哦,天哪,我真的遇到了天下唯一一条不知如何乞食的狗。"花脸猫接着说,"好吧,如果你想填饱肚子的话,就按我说的话来做。"

"不,不可能,我绝不会去乞讨的。"查理一脸不屑的样子。

"没人笑话你,狗的祖先自从决定跟人生活在一起,就接受了乞讨。"女士用鼓励的眼神看着查理。

"好啦,好啦,说完了吧?对猫狗来说这是必修课。"花脸猫说,"我只不过是要求你稍微转下头就行了,你可以做到的,不是吗?"

查理无奈地配合着。

花脸猫慢慢地把头倾斜着:"再歪啊,再歪一点。"

"这也太偻了吧。"

"不,不,不,继续,你能不能跟我配合一下下啊,拜托,你马上就要做到了呀。"

"哦,这才对嘛,不要笑了,左耳耷拉下来,还有另外一只。"

莫名奇妙的查理只好按花脸猫的要求把眼睛睁得大大的,嘴巴弯成了一道弧线,做着动作。

"好的,另一只耳朵做得好,现在两只耳朵都耷拉下来。坚持住,好,再往上看那么一点点。"

"哈哈,太棒了,宝贝!"

于是,查理被花脸猫推到了一户人家的大门前。花脸猫敲了门,立刻闪身躲到门旁的草丛中。

这家人是一对老夫妇,开门后,看外面没有人,正想关门,见地上蹲着一条气质不错的狗。

看到有人从门内出来，查理一时呆在那里，不知所措，相当尴尬。躲在一旁的花脸猫心急火撩，冲查理做鬼脸，打手势。

查理急忙把耳朵耷拉下来，做出可爱的样子，老人家看到心头一动，从自家碗里拿了一只烤鸡腿丢到了查理的面前。

花脸猫等老人关上门，急忙过来。

"看到了吧，我就说，你会做得不错。"

于是，花脸猫便一路扫荡似的，挨家挨户地敲开门，向人们乞讨吃的东西。村民们被查理高贵的气质吸引，尤其是他那可爱的表情，所以每每得手。

查理、花脸猫和女士来到了村头的大树下，尽情地享用查理讨来的食物。

"呃……这是我近来吃得最撑的一顿了。"花脸猫用手揉着自己微微隆起的肚子。

正说着，从村子的方向吹来一股邪风。花脸猫警觉地直起了身子，耸了耸鼻子："有杀气。"

查理也站直了身子，向远方眺望着，只见村中起了一团尘土，正在向着他们逼近。查理定睛一看，尘土中是一大群狗。

"他们是来抢食的！快把东西藏起来。"花脸猫说。

"我看是来抢人的！"女士说。她已经从空中嗅到了母狗的气味。

话音未落，一群母狗从尘土中冲了出来。

"快跑，查理！"女士来不及管那些剩下的食物，带着查理箭一样飞射出去，向村外的高速公路跑去，把还在一旁大

口大口吃东西的花脸猫留给母狗们。

众母狗紧追不舍,不停在喊:"帅哥,你别跑啊。"

花脸猫也跟了上来了,他吃得太多,大气直喘。

"贵族就是贵族,粉丝真多呀!"花脸猫说。

查理无奈地冲花脸猫苦笑,心里埋怨:"都是你,让我去讨什么食儿……"

正在这时,高速公路上开过一辆西安歌剧院的大卡车,巨大的西安歌剧院车体广告吸引了女士的目光。她向查理努了努嘴,又向大卡车扬了扬头,花脸猫也立刻心领神会,他们一起向卡车追过去。

后面大呼小叫的母狗见他们上了高速,只好停下来怏怏地夹着尾巴回村了。

查理、女士和花脸猫一直追在大卡车的后面狂奔,穿梭在高速路各种车辆的夹缝中,几乎酿出交通事故。

好在公路收费站到了,车速慢下来,每辆汽车都要停下来交买路钱。

女士轻车熟路地把查理和花脸猫带到过街天桥上,等大卡车经过时从制高点就可以直接跳上车顶。

他们一起来到最高处,不看还好,一看,查理差点昏过去。

"哦,不,不,这使不得,真的使不得。"有恐高症的查理在心里对自己说。

"好兴奋好期待哇。"花脸猫激动地拍起手来,像一个跳水冠军站上十米跳台的感觉。

"我要用特技动作。"他向女士和查理郑重声明。

"你就瞎闹吧,小心摔到柏油马路上。"女士提醒着。

"啦……啦……啦……"花脸猫不服气地朝查理做了个鬼脸。

"你怎么样?"女士看出查理有点紧张。

"很好啊!风筝我都摔过,还怕这矮矮的桥吗?"

"什么?摔过?"

"哦,说错了,是乘过。"查理对上次摔下来的经历仍然心有余悸。

歌剧院的卡车开过来了,女士二话不说率先跳了下去。

花脸猫拉起查理就往下跳,查理吓得紧紧地闭上了眼睛。花脸猫像一个跳伞教练把查理稳稳地带到车上,还不忘张大嘴巴兴奋地欢呼一声。

"咚!……"大卡车顶上不轻不重地响了几声,卡车司机稍愣了一下,就又专心地开起车来。

女士高兴地站在车顶上。查理确认自己已平安到达车顶,才松弛下来,睁开双眼站起身。

"呀!花脸猫去哪了?"查理和女士对望着。

"快!拉兄弟一把!拉我上去。"这时,从车的尾端传来花脸猫的声音。

女士和查理急忙来到了车尾,看到花脸猫正苦苦地用一只爪子扒着汽车的边沿,身子在高速行驶的汽车掀起的阵阵风浪中飘摇欲坠。

查理急忙用嘴叼住了花脸猫背上的毛,女士也一起用力,他们费了好大的气力,才把花脸猫拖到车顶上。

"对不起,我的特技动作大了一点儿,没有算好车的运行速度……"花脸猫的表情复杂,但藏在花纹后面也看不出来。

"这真叫老猫烧须呀!"女士开着玩笑。

"不过还是谢谢你。"查理说。他心里明白是花脸猫的一臂之力,才让自己没有在女士面前出丑。

他们坐在车顶上安定了一下紧张的心情,相互看着对方被风吹得灰头土脸的样子,哈哈大笑起来。

十五

西安，也叫长安，中华民族自信开放的祖先曾经选择的国都。在遥远的年代，在海运还没有发达的年代，这里是中国离世界最近的地方。中国人从这里出发，骑着骆驼踏出了丝绸之路，踏出了人类第一条连接欧亚大陆的国际大通道。夕阳中，看西安古城，宫墙环抱；落日下，远眺骊山，如一群披着金光的汗血宝马在奔驰，搅动起历史的烟尘。

大卡车在一路春风中开进了西安歌剧院的后院，查理他们趁工作人员不注意的时候，从车上跳了下来。

后院的人来来往往，他们东躲西藏，一时间没了方向。幸亏查理在马戏团待过，他带着女士和花脸猫躲过工作人员，摸到了后台。

台上正在演出音乐剧，台下座无虚席。异域风情，绚丽多彩的灯光，感染着每一位观众，掌声不断。

天色渐渐暗了下来，查理、花脸猫和女士都像霜打了似的没有了精神。花脸猫这个爱睡的动物更是哈欠连天，坚持不住了。于是他们商量，在剧院中找个僻静地方过一夜，明天再走。

他们悄悄地溜到剧场后院,在众多华丽的房子后面,一个狭窄的角落找到了一间没人注意的小木屋。

木屋的门没有锁,确切地说是门已经烂得锁不上了。

查理悄悄向屋内探头过去,一阵潮湿发霉的味道扑鼻而来,再向上瞧,只见屋顶上漏了几个大大的洞,月光从洞中倾泻而下,照亮了屋内的摆设。

屋里堆的都是剧院演出废弃的道具、不用的布景和一些破烂不堪的杂物,花脸猫轻轻走过去,还是起了一阵灰尘。

如今,查理已经渐渐适应了脏乱差的环境,到处流浪的日子哪里不是睡啊。

花脸猫找了一只破书包,钻到里面倒头便睡。查理帮女士打扫出一处干净的地方,让女士先睡下,自己则跑到墙角,想着祖居地和那些没有谋面的同胞。就在他似睡非睡的时候,好像听到微弱的断断续续的对话声。

"唉,我们压在这里怎么办啊?"一个声音说。

"还能怎么办?剧场不演出皮影戏了,我们又有什么办法?"

"我现在好想回华县老家,不知道现在人参娃娃过得好不好?"好像是另一个人插了一句话。

"唉,我们也许会永远被压在破箱子里没有出头之日了。"

"再也不能见到家乡、见到亲人了。"接着是低低的哭泣。

借着微弱的月光,查理巡视着周围的物品,心中纳闷:"是哪里出来的声音?"

找了好一会儿,查理依靠搜救犬的第六感,在一大堆杂物下面找到了一只破了一道大口子的木箱，里面好像有动静。

查理用力推了推箱子，箱子纹丝不动。他只好去唤醒窝在书包里的花脸猫。

"喂，醒一醒！喂，花脸猫，醒一醒！"

"呃，有事明天再说好不好？今天太累了，早点睡吧。"花脸猫在呓语。

"有好吃的，再不起来，我全都吃光了。"

"哪儿，哪儿……好吃的在哪儿？"一句话还没说完，花脸猫"腾"地一下翻身站起来。

"就在那边，那只箱子里。"

花脸猫毫不迟疑，像离弦的箭一般冲到角落的箱子旁。

查理跟了过去，说道："我们把这叠放在一起的箱子推倒就能看到了。"

查理本来不想惊动女士，但她还是醒了。一起费了一猫二狗之力才把那些箱子推倒，倒下的箱子击起了一大片尘土，呛得他们咳了好大一会儿。

木箱里有很多皮影玩偶，皮偶身上的花纹精致而漂亮，查理好像在哪里见过。

他突然想起自己看过一次为王妃两个小儿子表演的皮影戏专场演出，见过这种画得很美的皮偶，主人提起过这种表演来自中国。

"好吃的东西在哪啊？"花脸猫瞪着这一箱的东西，有些生气地质问查理。

"这……嘘！"查理让花脸猫不要出声。花脸猫小心翼翼地躲到了查理的后面。

月光下，皮偶都站起来了，跑到一个白色的屏幕后面。锣鼓敲了起来，鼓声中走出了一个扛着耙子的猪八戒，他大吃西瓜，把瓜皮扔得满地都是，最后被自己乱扔的瓜皮一次次滑倒，前后左右各种摔法让查理他们不由得捧腹大笑。

表演结束了，皮偶从幕后走出来向查理他们致谢："谢谢你们把我们从箱子里解放出来，这段《猪八戒吃西瓜》是专门表演给你们表示感谢的。刚听这位猫大哥说想找好吃的，我们知道出门不远有一家玩偶面馆，叫阿福面馆，那里的烩面好吃极了。我们在那里演出过，主人叫胖丫阿福，她表面是做面条生意的，其实是兔儿爷的联络员，我们曾经看过她请兔儿爷。"

"我们也看过！"花脸猫得意地说。

查理高兴极了，心想如果能见到兔儿爷，告诉他玩偶客栈里发生的一切，那该多好啊！

皓月当空，查理他们高高兴兴地跟着皮影玩偶直奔城东的阿福面馆。大家一路说说笑笑很快就到了。面馆门前被打扫得一尘不染，紫檀木的门框，古色古香的牌匾，虽有些老旧，但加上旁边镶嵌着的桔黄色的琉璃瓦，倒也十分别致，很像是一家名副其实的老字号。

查理和花脸猫正准备迈步进去，只见店中走出来一只傻乎乎的熊，一脸倒霉样儿。他腋下夹了块木牌，手里拿着把锤子，像个醉汉似的走了出来，两条八字型的眉毛不停地上下跳动着。

只见他缓步走到门前,登梯子上墙,把阿福面馆的招牌摘下来扔到地下,再想把自己的木牌挂上去。

牌上写着"猫吃鱼狗吃肉游戏网吧"。

如此简单的一件事儿,从头到尾他就没有成功过,不是挂反了,就是挂倒了。要么把自己挂上去把牌子掉下来,要么把梯子挂上去把自己掉下来……

他干得愚蠢,观众笑得也愚蠢,但你还是笑了。究其原因大概是谁都愿意体验自己正确别人错误,自己比别人高明的快感。

都说狗脸说变就变,查理很快就收起了笑容,上去问那只倒霉的熊:"请问为什么要换牌子?阿福面馆呢?"

"办不下去倒闭了!"倒霉熊说。

"阿福呢?"

"也许去打工了,也许去要饭了,我也不知道。"

查理想起那个可爱的胖女孩,想起她圆圆脸上的永恒微笑,心里很不是滋味。

"欢迎光临游戏网吧!今天开业,免费迎客。"倒霉熊话没说完,就被几个冲进来的少年撞得坐到了地上。

查理、女士和花脸猫走进面馆。墙上还挂着没来得及摘掉的胖丫阿福和兔儿爷的合影。

屋内客人爆满,大多是未成年的孩子,每个人都全情投入游戏中,没有人注意到查理他们。

身边的倒霉熊用超自信的语调说:"你们不要看我什么都错,什么都做不到、做不好,但是有一点我是肯定能做到的!"

"是什么?"花脸猫问。

"跟着我走,一定倒霉!"

"可是这个网吧是幸福网吧。"女士说,"谁都知道幸福就是猫吃鱼,狗吃肉。"

"哈!哈!哈!"倒霉熊的声调儿突然变成丑巫的声音。

"还有后面一句呢!'猫吃鱼狗吃肉,奥特曼打小怪兽!'倒霉的家伙们,现在你们已经进入'奇门遁甲'的虚拟世界了,在这个打小怪兽的游戏中没有退路,只有死路。"

当查理再回头看的时候,倒霉熊消失得无影无踪,刚才经过的亭台、楼阁、豪华房间和游戏网吧也全部消失了,身后只有黑暗的深渊……面前出现黑色的森林、成群的怪兽和"威震天"邪恶家族。

突然,森林中冒起阵阵黑烟,迷宫一样通往四面八方的路口上,要么横倒着巨大的枯木,上面长满青苔和色彩鲜艳到刺目的毒蘑菇;要么把守着面目狰狞的怪兽,露出一口匕首大小的利牙,正是他们在一呼一吸中不断喷出有毒的黑烟。

查理全身的勇士细胞一下子都清醒了。身边的朋友和脚下的土地,用一种奇特的方式激活了他身上历代祖先遗传给他的力量。

他用最具攻击力的动作,一下子跳到一只变形魔兽的身上。咬脖子,切断敌人的气管和大动脉,这是犬类本能指引下的选择。那些怪兽喷出的毒雾黑烟一下子没有了,就像被关掉闸门。

"你是个什么东西,闪一边去!"怪兽头一甩,查理被扔出老远!

他挣扎着站起来:"我是'轩辕'子孙!"说完牙一咬,伸出前爪上刀一样的长爪,跳起来向怪兽的眼睛刺去!

怪兽见状急闪,但还是被划中了一只眼睛,他的视界马上模糊起来,只能吃力地寻找和跟踪着跳跃灵活的查理。

查理围着怪兽巨大的身体打着转转,努力寻找下一个攻击点。

"看招!"随着一声吼,女士向怪兽抛出一团火球。在她的记忆里,兽是惧怕火的,除了和人结盟的狗之外。

"咦,你难道不知道我是修炼魔火的邪神吗?"怪兽说着,从容不迫地张开大嘴,把火球吞了下去!

女士呆了,她没想到这怪兽竟然不怕火!

"现在该看看我魔火的力量了!"一个声音突然响起。"请现身吧,地狱的魔火!用你的咆哮,消除一切阻挡者——地狱魔火!"

是丑巫!

随着他的话音,所有的怪兽一起仰天长啸,熊熊烈火从他们张开的大口中喷射出来,遮蔽了天空。

花脸猫动作稍慢了一点,被火烧着了屁股,痛得他"喵喵"地叫了起来,一头扎进水塘里。本来,猫是最讨厌水的,但没想到,他这一个误打误撞,正好是这套虚拟魔兽游戏的破解程序开关。

整个黑森林顿时明亮起来,林中回荡起一个声音:"上善若水的水神啊,请用你无疆的大爱、无私的奉献润泽善良的生命！用你神圣的力量，荡涤这里的邪恶吧——飞流直下！"

随着咒语，瓢泼大雨从天而降，扑灭了森林大火。

合成怪兽的魔力变得越来越小，像是被地面吸收了一样。紧接着，所有的虚拟影像全部退去了，查理面前呈现出了一个梦中的仙境。

"咱们的家乡'轩辕之丘'到了！"女士兴奋地叫起来。

查理不敢相信自己的耳朵，也不敢相信自己的眼睛。难道梦中仙境就是故土，故土就是仙境吗？！

查理一下子懂得了自己的自信和力量，都是根给他的，根的土地给他的。也许你可以不相信风水，但是你要相信"一方水土一方人"，根给予生命的是全息的注入。换句话，每个生命的优点和缺点都是它给你的，是生命体中的时空遗传基因，终生不变，代代相传，可以调整，但无法抹去。

查理从来没有过这样从里到外，从细胞到发梢儿都灌满的幸福感。

"查理，你的祖居地太给力了！"这是花脸猫说的。

十六

查理的眼前是一条大河,在苍茫的大地上,九曲十八弯地流向远方……一条摇橹的小船靠在岸边,一个戴着斗笠的渔翁,招呼他们上船。船头上,一个扎着朝天辫儿、穿着红布兜兜的胖娃娃,手里举着一盏小红灯笼,蹦着笑着地喊道:"祝贺你们冲破迷阵,也欢迎查理回到故乡。"

"你是谁?"查理问。

"我是皮偶人参娃娃,他是皮偶渔夫,是皮影戏中的伙伴儿通知我们来这里接应你们的……"

查理他们上了船,小船顺流而下。查理看到,不远处有一座灯火通明的小岛,像一艘夜航的豪华巨轮,把灯光的倒影铺在抖动的水面上。

"我们这是去哪里?"他问。

人参娃娃红灯笼一举,指向前方灯光辉煌之处。"当然是轩辕之丘上的黄河灯阵!今天可是正月十五闹花灯的日子,十里八村的人们都会聚到这火树银花的黄河灯阵来,热闹极了!"

查理是跟着人参娃娃的小红灯笼走进黄河灯阵的。可是一进去没多久,他就和女士、花脸猫走散了。当他意识到的时候,他们已经消失在茫茫人海之中。

查理随着人流,在灯阵中钻来钻去,千奇百怪的花灯让他目不暇接。他的鼻子闻到了上千种香气在空气中飘,耳朵听到上万种欢声笑语在大地上滚,他几乎忘记了自己,开始和根连成了一体。

清晨是从草梢儿上开始的,肉眼看不见的光和热把大地的湿气凝聚成露水,进而再把水汽化成白色的雾,让它们像白色马群一样在广漠的原野上奔腾。

动物中最先醒来的是鸟儿,它们用欢唱来迎接光明的到来,因为鸟儿曾经是有翅的恐龙,在族群灭绝的浩劫中,它们努力挣扎着飞高,再飞高,终于逃过了灭顶之灾,在制高点上看到了重生的第一缕阳光。于是鸟儿们用生命的DNA刻录了曙光的意义,并用清晨的鸣叫把新的开始告诉给地球上的所有生灵。

至于人类,只要还有开始,还有希望,只要明天的太阳还会照常升起,这就足够了,他们就会认为自己可能拥有整个宇宙的。

在和煦的阳光中,查理在街上游逛,在野外游荡,用这种生命的感觉、感悟去寻找自己的根,那才是真真实实的。

这里美丽如画,美得淡定而矜持,远山的厚重,奔腾的大河,在这样的背景框架里结构着细致的美丽。有河,有洲,水中有鱼,水面有莲,岸上有鸟。

查理追着白鹭和雎鸠来到河边喝一口故乡的水，又跟着蜜蜂和蝴蝶来到林中打一个滚儿。查理用生命和根接通，他感受到了故土的力量，这是一个种什么长什么，养什么活什么的地方，对生命充满了呵护包容的伟大母亲。

这里尤其崇拜母爱，尊重女性自由，敬女神：女娲、西王母、洛神、嫦娥……传诵着女性解放的故事；玄女、素女、卓文君、武则天……这里追求浪漫。查理用思维、行为与根接通，他感受到了震撼，这是了不起的文明，因为有爱而有更大进步空间的伟大文明。

这就是查理用身心与根接通的生命领悟，他起码明白了一个道理：不要听人的舌头怎么说。管他是游学、游说出来的学说，那都只是根上生出来的一种，不是根。

一连十天，查理天天做梦，有恶梦，也有很长情节的梦。他依稀地记着后三天的梦境……

第八天他梦见了一只跳跃的兔子。查理老是梦见兔子，白色的，这大概和他身体饥饿有关。梦里，兔子穿行在疯狗呼嚎的恐惧森林中，但是只要不慌，不恐惧地发抖，小心穿越，就不会一头撞到树干上，被守株待兔的人捡到……

树一棵比一棵高大，一棵比一棵奇形怪状，而且数不胜数，无处不在，真正的一片一望无际的恐怖大森林。

但兔子们还是在这座森林中蹦跶着，打了不少的洞，造了各式各样的窝，生了一窝又一窝儿的仔儿。

更加难能可贵的是，有的兔子学会了在这片恐怖的森林里，将浪漫进行到底。

这可是件了不起的大事儿，因为即使在鲜花、草坪、沙滩上，"浪漫"也是要止于"家"而不能进行到底的。

它们唱着小曲儿，吹着哨儿在这片难以安家的恐怖森林里，吟唱着最浪漫祖先的最浪漫的诗句："关关雎鸠，在河之洲。窈窕淑女，君子好逑。"思考着最智慧祖先最智慧的认知："道生一，一生二，二生三，三生万物。万物负阴而抱阳，冲气以为和……"

第九天他做的梦是……自己会飞了！小时候他常梦见跑上几步就能飞起来。

他问妈妈，为什么梦中人会飞？

"是长个子啦！长大了就不会梦了。"

可现在查理确定了，妈妈说的不对。自己的前世一定是来自一个能飞翔的地方。

满月从云层中钻出来，给原野铺满了银色。月光下是静得无声的大地，一条绿色的大河像扭动的蛇，在大地上爬行。

忽然，绿水中浮出一朵白莲。查理刚要惊呼，却戛然而止，那不是白莲花，而是白莲花般润泽的女神，她翩若惊鸿，矫若游龙般浮了出来。

查理见过无数西方、东方、古典、现代的美女，但从来没有一个能像今天这样让他目瞪口呆，忘记自己只是一条狗。

接下去的情景更是令查理意想不到，那女神在无边的原野中旋转舞蹈起来。随着她的舞步，田野上出现了一幅巨大的麦田画。从空中俯瞰，是九个太阳和一把巨型的长弓。

只见那女神越转越快，裹起散落的花瓣儿扶摇直上，然后一个突然急刹，停留在半空中。卷起的花瓣儿失去了旋转的动力，纷纷飘落，落到巨幅麦田图案的中心，堆积成一个高高的花瓣儿坟冢。而那本来悬在半空的女神也突然从百米高空极速跌落，摔在花冢上一动不动了。

"自杀！"查理叫出声。救人的本能让他飞扑了过去。

查理跑上去一边摇一边喊："神仙姐姐，你怎么了，你醒醒啊！"他声音哽咽，眼睛里滴出了泪珠。

"哞天（女神叫查理'哞天'），啊，对了，你现在叫查理。别难过，我没有死，想死也死不了。是他死了，再也活不成。"女神说着睁开湖水般清澈的眼睛。

查理破啼为笑，忙抹了把眼泪问："他是谁？"

"他是哞天的主人'羿'，是我心中永远的男人。"

"他是你丈夫？"

"不！"女神苦笑了一声。

"丈夫不一定是男人，男人不一定是丈夫"。

"为什么不是丈夫？"查理不解。

"因为他是人不是神，不应该去承担'丈夫'这个沉重的称号。"

"那神就可以吗？"查理更糊涂了。

"神可以呀！神有的是时间和机会去说谎，然后再去把谎言变成现实。"

"那羿一定是一个人人敬仰的大英雄了。"

"不！"女神又苦笑了一声。

"英雄不一定受敬仰，受敬仰的也不一定是英雄。"

"为什么？"查理急了。

"因为他是一个被误解的悲情英雄。所以英雄末路，众叛亲离……"

这时，月亮突然亮了一下。

女神抬头望着月亮说："我就知道你会同意我的想法。"

"你在和谁说话？"查理纳闷地看着望天打卦，自说自话的女神。

"我在和嫦娥说话，她是羿的妻子，就住在月亮上。"

"那你呢？你是谁？"查理问。

"我是洛神，洛水之神"。女神望着查理微微笑道。

月光把洛神的脸映得苍白，但她的眼睛里却跳动着火花。

"我和羿的第一次见面是在洛水边，他把英雄泪滴到向东流淌的一江春水里，我不得不跳出水面。就这样，我看到了一个英雄气短的羿。当然，他也看见了我。

"羿真是个很棒的男人。他坦荡、磊落、神勇，几乎具备了阳刚之美的全部内涵。但作为一个末路英雄，他大多数时间都是悲凉的。和我在一起的日子，他最常做的就是像孩子一样委屈的申辩着一件事儿："我没有冷血，没有无情，没有残杀动物，我只是想让妻子活得好一点儿，让她永生不死。所以我攀昆仑山，寻西王母，求来不死药。可最后，她却选择了离开我，她不愿意和我长相厮守，理由不是我无能，而是我无情。她怨我，说我没有爱心，乱开杀戒。我没有乱开杀戒，我没有杀人，只是在杀兽。兽在和人争夺空间，兽性在和人性争夺灵魂。总是在扰乱、阻滞我们的进步。"

"为什么要杀兽,它们也是生命,难道就是因为它们没有人类强大,就要受欺负吗?"查理忍不住打断洛神,高声抗议道。

"可羿为了拯救生灵,射九日,杀太空魔兽……这不是爱吗?!羿有大本领,超能力,一心想改变现状,可为什么被人们遗忘,而背叛逃离的嫦娥却还被世人纪念着。"

"嫦娥没有背叛,也许只是不想残杀动物。"查理说,"人类应该有逃离掠杀,逃离战争的念头。"

天上皓月当空……

第十天,查理梦见了嫦娥……

"谢谢你查理!为我说了公道话。我没有背叛丈夫,而是和洛神一样把爱给了人类,而没有给神。

我和洛神同是中国人的美丽女神、浪漫女神。她在人间难过,我去了冰冷的月宫,拒绝了所有神的追求……

洛神的美丽无人能敌,让人怦然心动,热血沸腾。她的浪漫让人痴迷,产生幻想无以自拔,终于她征服了全人类,让"爱美之心"人皆有之了。

我把男情女爱升华为大爱无疆,送医送药,让人们关爱生命,停止杀戮。又用大爱无疆的穿越,让美引领着生命在地球上奔跑。

我们生生不息,一起把美丽和爱的基因一代一代传递进人类真实或虚拟的世界。"

"可是大爱无疆代替不了'我爱你'。"查理伤感地说。

嫦娥笑了:"是啊,大爱无疆和'我爱你'很不一样。'我爱你'三个字是一个具有杀伤力的词组,不同于'大爱'。

"我——最自私的一个字;爱——最大公无私最包容的一个字;你,无疆无涯不能受控的一个字,目的性目标性最强的一个字;'我爱你'是:'我'穿过'爱'射中'你'。

"你收到的那个'爱'就已经不同于'大爱',而是加载着'我'的因子的'爱'。不恰当的比喻,好比一个感染了病毒的细胞。"

嫦娥看着极度忧伤的查理,关切地说:"你守在这儿,是不是因为得不到回应,或者无法占有而不平衡啊?"

查理低着头一言不发……

"你为了'我爱你'放弃了一切,还将放弃了那么多等待你去爱的人,所以你的爱是要回报的。不是大爱无疆的。"嫦娥说。

查理陷入了深深的思考……

"应该说,你是'我爱你',而你想的那个'她'更是'大爱无疆'。"

"你说什么?女神!"查理一骨碌爬起来,"她是大爱无疆!那我该怎么办呢?"

"学会用'大爱无疆'放弃'我爱你',你想这样做吗?"

"查理!查理!!!"

梦断了……

花脸猫跟着一群警犬出现了,他们终于在池塘边找到了虚弱的查理。

在轩辕这个夜不闭户,路不拾遗的地方,想找到查理很容易。别忘了这里是中华细犬的故乡，有着世上最灵敏的鼻子。之所以十天没有人来，那是因为花脸猫的乐此地不思蜀，或者说是不思查理。当他意识到了，就马上报警了，也就马上找到了查理。

事已至此，细犬家族开刚核查查理的身份。当他们发现查理的形象和他们供奉着的犬神先祖"哮天"神形酷似的时候，引起了族群的哄动。

元老院的长老们和现代化网络信息的人肉搜索同时启动，很快锁定了查理的谱系。查理祖爷爷的祖爷爷是当时的犬王，带着猎犬军团随元太祖御驾亲征欧洲。把轩辕的事委托给了留守故乡的儿子。到了欧洲以后的故事，就是查理经常炫耀的"贵族狗"的家族历史了。

虚弱的查理被特护起来，医生和养生专家组成的团队，用中国祖传的医术帮查理很快恢复了健康。与此同时族群中酝酿着留住查理，推举为首领的全面计划。

花脸猫成了上蹿下跳的积极推手和总代理。让他喜出望外的是终于没有看错，终于可以跟着查理开始王族的生活了。

查理通过嫦娥的特使兔儿爷得知了吉祥镇局势的严重。丑巫用"诅咒"取代"祈福"的战略非常成功，吉祥玩偶们已经开始大规模逃亡⋯⋯

同时他也了解到犬、兔两种动物之间的恩怨之深。哮天犬始终不能原谅嫦娥对主人的背叛，而且他把这笔账记到了兔子头上。哮天犬认为就是因为兔子导致嫦娥和主人分手的，所以犬见了兔就扑。

正是因为这样,月宫里的嫦娥和玉兔根本无法和哮天犬见面,作为吉祥玩偶联络官的兔儿爷,便也无法把发生的危机告诉年最惧怕的对手哮天犬。了解了这一切后,查理决定不做首领,而是"狗拿耗子多管闲事儿"地去解救吉祥镇的玩偶们。

当天晚上查理和花脸猫就离开了轩辕之丘。他怀着恋恋不舍的心情告别自己的祖居地,身上的血在奔腾,一阵抑制不住地热泪盈眶。

"我只能认命,这哪里是什么贵族狗,明明是一条疯狗。"花脸猫在大声地抱怨着。

"我的家乡多好啊!你可以留下嘛!我又没有拉你走!"查理脚步不停,毫不减速地边走边说。

"你什么意思?那是你的家乡,你走了,我一只猫留在狗得意的地方干什么?"花脸猫一点儿都不糊涂。

"那就好吧!就跟我一起发疯吧!"

"嗯!"猫长长地叹了口气,"我们这是去哪儿?"

"找你舅舅!兔儿爷告诉我,只有找到舅舅猫'饕餮'才能解决吉祥镇的危机。"

"你不是开玩笑吧?查理我绝不允许你跟我开这种玩笑。"

"我没开玩笑,兔儿爷告诉我,只有找到舅舅猫'饕餮',才能找到解决吉祥镇危机的办法。"查理很认真。

这一下可真像是捅了马蜂窝,把花脸猫深藏心底和谁都不想说的秘密触动了。他喵喵叫着,又是那种像婴儿哭似的高分贝。

"我不见他，他是个无情的家伙，整天就知道练功练功，从小到大连一块糖都没有给我买过，除了训还是训！"花脸猫很激动，"说我是懒猫没出息，难成大器……我的离家出走就和他有很大的关系。"

"我看你是大事糊涂，小事清楚！"查理道，"也许你有偏见和误解！你舅舅是经历过上古神魔之战的前辈，又是吉祥玩偶界的统领，他知道救人的办法。"

突然，路边传来了"呜呜"的哭声，在野外听得尤为清晰。

查理他们顺着哭声跑过去，看见一个熊猫布公仔，窝在路边的草丛里，一只胳膊撕开一个大口子。

查理和花脸猫急忙扶起他。熊猫公仔两眼微睁，有气无力地说道："你们好，谢谢你们了。

"你没有家人吗？怎么自己出来了，落到这？"花脸猫问。

"我……我也记不清楚了，只记得跟着父母逃难，到了一个神秘的大房子里，有一个表情很凶的花脸爷爷保护我们。但大家都好像有心事儿，不开心的样子，我在屋里待腻了，就溜出来玩，被一个过路的老婆婆带回去给他的孙子玩。淘气的男孩儿只喜欢变形金刚，把我又扯又摔之后就扔到了这里。"布熊猫说到此时，满眼委屈的泪水。

"好了，别难过了，跟我们一起走吧！"查理说。

他们带上小熊猫又上路了。

整整走了一天，月亮又升起来了，一群萤火虫飘然飞至，像是要给他们带路，查理跟随着萤火虫前行。

"我说查理,你真的确定没有带错路么?我舅舅怎么会在这种地方?"花脸猫质疑着。

查理突然停下了,他看到黑色藤蔓缠满的树林后面一座气势恢弘的古代殿堂。

布满灰尘的白玉铺造的地面,残枝烂叶堆满了屋顶,飞檐上用檀香木雕刻成展翅的凤凰,琉璃瓦砌成的浮窗,画像石堆砌的墙基,一条弯曲迂回的路,尽头是一个巨大的广场,随着玉石台阶缓缓上升,中央祭台上一根顶天立地的柱子,雕着栩栩如生的龙纹,与飞檐上的凤凰遥相呼应……

布熊猫从查理的肩膀上滑落下来:"这地方,我好像来过。"

"确定吗?"查理问道。

"可能吧,总有在这里生活过的感觉。"布熊猫又含糊了。

查理上前一步摘下一朵蓝色妖姬,把它抛向空中。蓝色妖姬在空中划出一道美丽的弧线,瞬间芳香四起,吸引了无数萤火虫,向蓝色妖姬聚拢而来,就像一道璀璨的金黄色光芒向巨大的建筑物挥去。眼前突然一闪,转瞬之间,森林变得明亮起来。

查理他们走上台阶,遮蔽住门窗的藤蔓植物立刻像驯服的蛇一般纷纷扭曲着移开。

大殿整齐而华丽,圆形的穹顶四方垂花,墙壁上的浮雕壁画色彩鲜亮,气韵优美。大殿里面供奉着炎黄二帝的巨大石雕神像,表情庄严而慈祥。

突然,一束火光燃起,紧接着大殿中的蜡烛依次点亮,殿内顿时灯火通明。成群的中华吉祥玩偶从各个楼层中涌出来,七嘴八舌地指着下面的查理他们议论着……

查理定睛看去，只见楼上楼下站满了糖人儿家族、面人儿家族、泥人儿家族的玩偶。还有各式的卡通人物，有姿态神武的关公，各显神通的八仙，威风凛凛的五虎上将，婀娜多姿、衣裙飘逸的七仙女，天真烂漫的娃娃公仔……

中央戏台上，众多秦腔、京剧脸谱的面人儿们在热情地表演着节目，泥人儿乐队吹拉弹唱，糖人儿家族的蝴蝶小鸟挥舞着美丽的翅膀。

"小熊猫……"从众多玩偶中挤出了两只体形臃肿的布偶熊猫。

"爸爸……妈妈……"小布熊热泪盈眶，声音激动得有点沙哑。一家三口相对而泣。他们彼此寻找了很久很久，现在终于重逢。

这时，各式各样的糖人儿家族，面人儿家族的玩偶走过来，簇拥着查理他们，为客人的到来欢呼着。小布熊猫则被众人扶走去修补胳膊。

祖先神庙的守护者饕餮从神像后面走出来，只见他凑得很近把花脸猫看了半天，突然说："你不是我的外甥，他是花脸白猫不是脏脸灰猫！"

花脸猫见了舅舅又怕又气。他瞧瞧自己几年没洗的皮毛，撅着嘴道："舅舅，真的是我！颜色变了是因为没洗澡。"

饕餮又围着花脸猫转了几圈，擦掉花脸猫额头的脏毛，露出一个花瓣儿似的胎记，他才认出自己的外甥。

"真的是。"饕餮说着手腕一抖，只见花脸猫高台跳水般跌进神像旁边的清澈泉水之中。"好好洗洗你这一身脏毛,别丢我们猫族的脸!"

花脸猫无奈地叫着,但在饕餮的监视下,不得不把自己洗干净。

当一只漂亮的白底黄花、精神抖擞的猫出现在查理面前时,他简直要叫起来,真认不出这就是和自己泡在一起,又懒、又脏、又贪吃的花脸猫,他真诚地赞美:"哇哦!原来你这么帅!"

花脸猫满脸不爽地嘟囔:"这有啥好的,你见过哪只流浪猫雪白整洁?一定会被野猫们一顿好打。"

花脸猫记起当年曾被流浪猫群体排斥,那以后他学乖了,再也不洗澡了。

"你现在不是流浪猫了,你的任务是时刻监视太空魔兽年的入侵,参加保卫地球的战斗。"饕餮郑重地说。

花脸猫好奇地问:"年是谁,为什么要入侵地球?"

饕餮说:"他是太空魔兽,一心想侵占地球。当年上古神魔大战中我和他大战过三百回合,后来他被黄帝打败,多年不敢来犯地球。"

"就是嘛,舅舅神通广大,年不敢来的。"这就是猫的脾气,开始套近乎了。

"哪有你说的那么简单!"饕餮说,"年不敢来,主要是有哮天犬在空间站巡逻保卫地球。但今年有所不同,他派了卧底在地球潜伏,而且找到了用诅咒替代祈福进入地球的秘密通道,躲开了哮天犬的阻击。"

"那我们准备战斗吧！"查理说。这就是狗，时刻准备着。

"人类的祖先神让我做吉祥玩偶的统领，是希望用祈福和疏导，使子孙走上和平幸福，地球永无战争的未来。上天也确定地球只能是一个没有战争的蓝色星球才能存在下去。所以我们吉祥玩偶没有武器，对于地球上的所有生灵我们只有祈福和疏导。年是黑暗支配者，能调动很大的邪恶势力。"饕餮的话中带着担忧。

"那我们该怎么办呢？"查理焦急地问，"把哮天犬请来？"

"对，这就是你要做的。"饕餮充满期待地看着查理，"我们上天联络的唯一渠道就是灶王爷，你必须找到他，领你上天去见哮天犬，借来金刚犬服一用，就可以打败魔兽年了。"

"金刚犬服这么厉害！"花脸猫惊叹道。

"是啊，金刚犬服上配置有专门抵挡宇宙攻击的太空星际导弹，落日箭、追月箭、震天箭，可以粉碎地外物质、小行星和智能飞行器的入侵。当年羿就是用落日箭，击落九架联合编队进攻地球的太阳光子飞船的。"饕餮这种上古神兽，是古羌族的图腾，作为黄帝的宠物，知道很多人类和地球过去的故事。

"年派来地球潜伏的丑巫已经和地恶邪灵联手用诅咒替代祈福，使民俗玩偶大批地被死亡，逃到我这里避难的也越来越多。"

查理意识到责任重大。

"查理、花脸猫，你们一狮一虎本就是人间瑞兽，解救民俗玩偶是你们的责任。"饕餮说。"事不宜迟，你们马上出发去吉祥镇。"

"你呢？"查理问。

"我也有重要的事要做！"饕餮表情严肃。

"舅舅，我知道！"花脸猫抢着说。

"你知道什么？"

"练功！练功！练功！我十年前就知道了！"

"你个臭小子，从小就是懒嘛！"舅舅也被花脸猫逗笑了，"是呀！我要闭关修炼准备迎战太空魔兽年。我已算到，他会在春节卷土重来。"

临行前，饕餮送给查理和花脸猫一张玩偶客栈的地宫图纸。"在这里可以找到五毒背心，他是唯一没有中丑巫魔咒的，可以帮你们找到灶王爷。"

查理和花脸猫精神抖擞地出征吉祥镇，宫殿中所有的玩偶都来为他们送行。

小熊猫走在最前面，挥舞着昨晚面人儿小鞋匠帮他修好的胳膊跑了过来。

"小布熊，你的胳膊康复啦！"花脸猫问。

"是啊，昨天就修好了……可是……"小熊猫哽咽地说，"其实真的不舍得你们走。"

"我们会见面的！"查理用坚定的语气和送行的吉祥玩偶们告别。

当他们走出一段路再回头看时，高大的宫殿消失了，身后只有一片古柏苍松。

十七

查理和花脸猫日夜兼程，很快就到了吉祥镇，直奔玩偶客栈。他们越接近客栈就越觉得身上发凉，那种凉常被叫成透心凉，对于恒温动物来说，就是一种免疫系统受到潜在威胁的反应。

一种冷光，被老百姓常说成萤光、鬼火的光，把玩偶客栈罩住，让那里看上去像一个大坟头儿。

终于接近客栈门口了，查理有些惊讶，玩偶客栈和以前壁垒森严的景象完全不同了。客栈的大门张狂地敞开着，里面传出怪兽的鼾声，不同于地球的所有生物，像手扶拖拉机抛锚，打不起火来的噪音。

查理第一想到的就是骄兵必败，自己可以利用丑巫的疏忽大意，顺利进入客栈，找到五毒背心，放出没有被诅咒的蛇、蝎、壁虎、蜈蚣和蟾蜍。五毒是地球上的昆虫，它们能悄悄爬到怪兽和丑巫的客房中，对太空入侵者发动有效攻击。

夜在丑陋的乌云下静静地喘息着，没有一丝风吹过，就像那些哀婉惆怅的天使失去了飞翔的翅膀，空中的弦月无奈地凝视着客栈中的一切，她那忧郁的倒影摇曳在微波的池塘中，似乎有说不完的哀怨。

查理耐心地守在客栈旁，仔细观察，寻找时机。只要有了顺利的开局，下面的事儿就会比突袭队员解救人质、击杀恐怖分子还刺激。

这里有一点需要解释，为什么五毒背心没有中魔咒呢？原来，每一个吉祥玩偶身上都有一个祈福，丑巫也就可以用一个完全相反的诅咒把祈福替换掉。唯独以毒攻毒的五毒背心，丑巫找不到一个寓意相反的诅咒语，而且丑巫的口里不能冒出一句不恶毒的话，如果他不小心说出一句祈福的话，地恶邪灵的法术就会不攻自破，诅咒术也就全部失灵了。所以五毒背心没有受困于诅咒！

花脸猫对查理的过于谨慎不以为然。按理说悄无声息地潜入侦察是猫的专长，但是查理却让花脸猫守在外面接应，因为他担心进入客栈后会有一场恶战，凭借猫的攻击力是抵挡不住的。

查理以猎犬的常识，经过一段观察之后，确定了自己对丑巫得意忘形，疏于防范的判断。

他瞄准洞开的大门，前爪按地，后腿弓起，双眼紧眯，身子往后一坐，四脚一起用力，腾空而起，箭一样向客栈大门直扑过去……

"咣当"一声，一股强大的电流将查理反弹出数米，在地上翻滚几圈后，他一头栽倒在草丛中。只见客栈周围，一股红蓝相间的电流自下而上闪烁而出，不时发出可怕的电击。

查理昏迷片刻，慢慢地睁开了眼睛。他用尽全身的力气从地上挣扎起来，头上撞出了一个大口子，鲜红的血液不住地往下淌。花脸猫跑过来，用舌头舔去查理额头上的鲜血，安抚着自己的朋友。

查理鼻子一酸，泪差点夺眶而出，这是他第一次被猫打动了。他开始体会到生命是相通的，生命和生命的设定，也许总有一天可以超越因为不同而对立和你死我活。

查理把整个身体抖了抖，他要用这个动作让自己振作，让朋友放心。他用前爪捋了捋头上的毛，遮住头上的创口。

查理对丑巫骄兵必败的判断出了偏差，如果是人或者有血有肉的地球动物，查理的判断就应该是正确的，可是外星生物却完全不同，这些没心没肺的家伙。他们的正确和错误、善良和邪恶都是计算出来的，这点真的非常可怕。

原来，自查理逃走之后，丑巫使用灵符咒在客栈的周围摆下一道金刚阵。此阵无形无色，但似金刚石所制的墙一般坚厚无比，包裹在客栈外层，无人能穿越。这也使得客栈中的吉祥玩偶与外世相隔，被丑巫牢牢控制在手中。

查理的撞击声惊动了客栈中的怪兽们。几个护卫警觉地站了起来，穿上了一件透明的外衣，走到客栈外一探究竟。

见此情景，花脸猫计从心生。他捡起一块碎石，用力向客栈旁边的树丛中丢去。

"啪……簌簌……"碎石在天际中划出了一道道长长的弧线，在树丛中制造出一阵响动。几只怪兽猛然察觉，纷纷向树丛方向追去。

见怪兽走远了，查理爬了起来，心中暗叹花脸猫的机警。

查理开始缓步前行小心绕开用光构建起的金刚防护墙。猎犬的机敏和低矮重心几乎让查理成功，但是就在离大门五十厘米的时候，他的鼻子好像撞到什么东西，眼前一股红蓝相间的电流自下而上地击中了他。查理无奈地用前爪摸了摸自己已经肿起的鼻子，痛得直咧嘴。

此时，查理才恍然大悟，只有像怪兽那样穿上特殊材料的透明衣服，才能从客栈里穿进穿出。

望着近在咫尺的客栈，查理一筹莫展，别说是找到灶王爷，现在想进客栈都难了。

时间一分一秒地过去，那些搜捕的怪兽就要回来了，查理心在扑通扑通地跳。

危难时刻，查理的面前突然出现了一只体形肥硕的土拨鼠，正举着人一样的小手儿向他敬礼！土拨鼠的身后是个头儿矮小几乎被硕鼠挡住的花脸猫，这一次他又借助了对鼠这种啮齿动物的控制权。只不过这次他找来的是掘地挖洞的能手土拨鼠，而且还是一个动物明星。每年都要在电视机前露一次脸，用自己的影子预报春天的来临……

土拨鼠的本事便是遁地之术。收获时节，他能用几天的时间把一个冬季全家的口粮分门别类地藏到修建好的地下粮仓中。此时此刻查理对花脸猫的感觉已经不仅仅是感动，而是从心底升起一种敬意，可以像饕餮前辈说的那样，狮子对老虎的敬意。

这绝对是丑巫的计算失误，他守住了地面，守住了空中，却不曾想起对客栈地下的禁守。

"啪……啪……啪……"的脚步声响起,怪兽们已经到客栈门口,但土拨鼠早已将洞挖到了客厅下面,跟在后面的查理看到了头顶上的灯光。

查理一跃而出,轻轻抖了抖身上的泥土,站到了客厅里,四周灯火通明,但悄无一人。他轻手轻脚地靠近墙根,以确定自己是否安全。

"查理,查理……"查理超群的耳朵,感应到一丝似有似无的呼唤声,听得查理直打冷颤。因为他最自信的就是自己的耳朵,如果耳朵传给他模糊信息,会直接影响情绪。

一滴晶莹滚热的水珠落在了查理的脸上,紧接着两滴,三滴……查理身子一抖,下意识地向屋顶望去。只见房顶上密密麻麻地布满了黄色的灵符,有几滴水从黄色灵符的缝隙中滴落下来。

"扫晴娘,是你吗?"查理同样超群的鼻子告诉他,这是眼泪,而且是扫晴娘的眼泪。

没有回答,只有泪继续垂落。

"坚持住,我很快就会救你们出去。"查理心里不好受,离开客厅,按饕餮给的地宫地图去找五毒背心。

走廊上挂满了丑巫从章鱼摄魂相机里拿出的仿真画像,个个阴森可怖,使得那条走廊变得特别长。更恐怖的是,那架章鱼摄魂相机用它数不清的脚来回走动着。还好它只是一个工具,不会影响查理的行动。

当查理快走到尽头的时候,听到这一些响动,他疾步上前，看到布老虎和小布驴都一动不动地站在前面，心中大喜，忙叫道："布老虎，小布驴，我回来了。"

查理空欢喜一场，布老虎，小布驴神情呆滞，两眼无光，口里仍然不停地重复着："拉大旗用虎皮，杀、杀、杀……""食品安全，吃、吃、吃……"玩偶们毒咒加身，无法解脱。

看来，只能孤军作战了。查理鼓起勇气，向地牢的方向嗅了嗅，闻得下面有不少怪兽，可谓守卫森严。

硬攻肯定不行，只能智取。

想起刚才走廊中的章鱼摄像机，查理忽然计上心来。于是，他便钻到摄像机后面藏好，再小心推动摄像机向地宫门口接近。这个办法很成功，一路上怪兽不少，都没有注意这架经常走动的摄像机。查理心中暗喜，他顺利地来到地宫门口。

看守地宫的怪兽们拦住了章鱼摄像机，看来这一关是混不过去了。更难办的是他们对摄像机产生了怀疑，一起围了上来。查理急中生智，"咔嚓"一声，他按动了快门。瞬间，舞台上的一幕发生了，魔兽玩偶都成了不会动的仿真品。原来章鱼摄像机对所有玩偶的功能都是一样的。

查理进入地宫。一阵尘土把他呛得上不来气，查理顾不得这些，一心念着："箱子箱子，救命的箱子。"

终于，在门后角落里，查理发现了那只熟悉的箱子，正是这只箱子带着他坠入了玩偶客栈。

查理前爪和鼻子并用，把那只笨重的箱子打开，一只绣有五毒花式的小背心静静地躺在箱子里面。外面灯火的光线投射到查理刚刚打开的箱子里面。

"咦？天亮了吗？"五毒背心大梦初醒。"你们都去哪里了？怎么把我一个人扔在箱子里。"小背心仰头看到箱子边沿欲言又止的查理说道。

查理有些激动，他迫不及待地将玩偶们连日来悲惨的遭遇告诉背心，又将饕餮所说寻找灶王爷的的关键使命——说明。

五毒小背心对玩偶们不幸的遭遇感同身受，二话不说，收拾好自己的心情，跳出木箱。

"灶王爷的家只有我们认识，因为灶台后面的阴暗角落，是我们五毒最喜欢的地方。"说着五毒小背心左右扭了扭自己的身体。只见他的身子开始渐渐发出黄色的光，绣在身上的蛇、蝎、蟾蜍、蜈蚣和壁虎纷纷从背心上跳了出来，飞快地向前爬行。查理紧随其后很快就来到了被废弃的厨房，因为这群不食人间烟火的怪物们，根本就用不到厨房。丑巫用油、烟、煤、灰、碳甚至黄泥，把个灶王爷严严实实地封在灶台后面。因为他的诅咒术，无法施用在这个能够上天言好事的玩偶小神身上。

蛇、蝎、蟾蜍、蜈蚣和壁虎各显神通，迅速清走了封堵的厚厚污垢，把已经神志不清的灶王爷救出来。

五毒小背心帮灶王爷整理好头发和胡须，查理把吉祥玩偶饕餮的计划——上天向哮天犬借金刚战袍，打败年对地球的进攻——告诉灶王爷。事不宜迟，灶王爷决定带着查理马上出发。临行前，查理叮嘱花脸猫和五毒背心做好解救吉祥玩偶们的准备。

十八

一眨眼的功夫,查理和灶王爷就来到了九霄之上。

"看,那祥云缭绕之中一座座闪着金光的殿堂就是天宫了。"灶王爷当起了导游,"这边那座绿草茵茵的地方就是犬神哮天犬居住的天犬宫。"

"哇!好美呀!"

只见百花盛开,莺歌燕舞,这时从花丛中跑出一只白鹿,见着灶王爷就往身上靠,灶王爷抱住它抚摸着。

"好可爱!"不一会儿,天边飞来一群仙鹤,围着查理翩翩起舞。

"这天宫是谁造的?"查理问。

"当然是上天造的呀!"灶王爷想当然。

"如果是你说的上天大神或者我们说宇宙高级智慧生命造的,那也是用一批超人监护地球的宇宙空间站。"查理努力想给自己一个解释。

"大胆,竟敢私闯天宫!"突然,前面出现了几个身穿金甲的天兵。

"你们真蠢！年年都见，也该认识我灶王爷了吧？"

"对不起！我们天宫讲制度不讲关系。"

"那好，我灶王爷是带人有要事面见犬神的。"

话音未落，一阵风起，只见一只怪兽已到面前。它长着狮子脑袋，瞪着一双老虎的眼睛，头上挂着两只鹿角，脚长着牛蹄，屁股上拖着一条粗大的马尾巴，浑身上下全是金色的鱼鳞。

两个天兵一看身披金刚战甲的犬神驾到，急忙退下。

"何人要见我？"只听一声大喊，一条神犬从金刚战袍中脱甲而出。

"查理拜见先祖。"查理单腿跪地，行爵士礼！

"你就是那个跨国游行狗啊？"

"先祖，你能不能用个褒义词？'国际流浪犬'行吗？"

"嗯！这小子还挺有个性！"

"请问，这就是金刚犬战袍吗？"查理跑到供放在一块巨大青石上的金刚战甲前仔细端详，他第一眼看见就迷上了。

战袍用纳米材料的特殊金属丝弦制成，可以说是钢筋铁骨，坚韧度和柔韧度都是最好的。围绕着颈部镶嵌着七颗巨大的激光宝石，发出红、橙、黄、绿、青、蓝、紫七色穿透不同宇宙物质的激光炮。

"小子，你喜欢？"哮天犬和查理还真的很像，虽然犬神和普通犬的气场不同，但是站在一起会让人感到是一家子。

"太酷了！它的火力配置和战斗力有多大呢？"查理很想知道金刚战袍究竟有多厉害，是不是超级武器。

"这红色的烈焰箭,发射出去,相当于十座火山爆发的威力,可以把一颗直径一公里的小行星击得粉碎。"哮天犬掂着那支红色的烈焰箭说道。

"这么厉害!"查理砸了砸舌说道。

"什么厉害,它连破月箭的十分之一都比不上呢!"犬神拿出一支银色的箭,"这支破月箭可以洞穿月亮那么大的天体!"

"这太厉害了!"查理听说这小小的破月箭居然有这般威力,不由得大惊失色。

"比起射日箭来,这两支箭都算不得什么!这支射日箭,是当年我的主人羿用来射日的。那时候天上有十个太阳,大地被烧得一片焦黑,天下的人苦不堪言,羿为了拯救人类,在上天的帮助下用反物质材料打造了十支射日箭,结果射掉了九个太阳!"犬神得意于主人的当年勇。

查理使劲地摇着头:"你搞错了,天上只有一个太阳,怎么会有十个太阳呢?"

"哎呀,不是给你说了吗,那九个都被羿射掉了啊,当然只剩下一个了!"哮天犬永远深信不疑。

"他射落的应该不是太阳,是行星或者彗星!"查理想了想又说道,"不!应该是外星入侵者的太空飞船!只有飞船才能够持续在太空停留。可能看上去体积大小和太阳相仿,发出的光线强度也跟太阳差不多,距离地球又很近,不然地球是不会被烧焦的!"

"总之,羿射掉了九个太阳,太空魔再不敢轻易进攻地球了。"

"反正有了这件战袍就一定能够打败太空魔王年，保卫地球的和平幸福，救出吉祥玩偶们了。"查理心花怒放。

"金刚犬战袍必须由勇敢的犬穿上才能发挥出威力。但是，金刚犬战袍不能借给你！"

"为什么？"查理顿时傻眼了。

灶王爷也急了："犬神，是查理把我救出来的，他非常勇敢。"

"战袍是配给战士的，你连兔子都不敢咬，怎么能穿得上战袍呢？"

"犬神，我不同意。兔子就非得去咬吗？都在一个地球上活着，生命就不能找到互相包容吗？"

"你一定是受了嫦娥夫人的影响，当然她是个好神，但不是个好妻子，她不该撇下丈夫。她不辞而别了，你知道我的主人有多难过吗？这样天各一方的悲剧就是因为那只不愿意做自我牺牲的兔子造成的。所以一定要咬它，见一次咬一次，谁也别拦我。"哮天激动起来。

查理是狗，他了解狗脾气一发作是怎么回事儿，知道这个时候说什么也是没有用的，所以示意灶王爷一起离开了！

查理很沮丧！他想不通，生命的误解为什么能世代相传？！看来只有不停地祈福、感恩才有希望忘记仇恨。这让他更深切地意识到，解救吉祥玩偶，要留祈福在人间，是多么不可缺少。

热心的灶王爷心有不平。他对查理说："让我们去拜见老子，求他评评，神还有这么不讲理的吗？只不过像我这样的小芝麻神,从来没有惊扰过他老人家。"灶王爷有点紧张。

因为不认识路,灶王爷带着查理在南天门绕了几个圈子,才来到老子住的兜率宫的后门。

鸟语花香中,查理看见两个童子在玩耍。他们一个拿刀一个拿枪,打来打去,你砍一刀我还两枪,根本分不出神来注意到访的客人。

灶王爷不敢打扰童子们的雅兴,候了很久,实在等不下去,才开口道:"对不起两位仙童,小神多有打扰,请两位通报一声老子,说灶王求见。"

他没敢用灶王爷的"爷"字,跟谁充爷啊!一个小灶王,哪里支撑得起"爷"字儿?也许就像查理撑不起金刚战袍一样。

二仙童老大不愿意地停下手里的刀枪,甩一句:"老爷不在!'西去化胡'了。"

查理没听懂啥叫"西去化胡",以为是神仙语。

"请问多久回来呢?"灶王爷忙打听。

"那就不知道,老爷都去了两天了。"

"我们等吗?"灶王爷问查理。

"来都来了,为了被困的玩偶,咱们还是等一等吧。"查理说。

童子不耐烦了:"我说你们两个懂不懂事啊?天上一日,人间千年。如果再多一天回来就是地上的一千年。你们等得起吗?"拿刀的说。

"千年等一回啊!"另一个拿枪的说,"再说了,灶神这种只管吃吃喝喝的小神,为一些泥蛋蛋、纸片片之类的民间玩偶也来烦老爷是不是太不知趣了?"说罢,两个仙童又你一刀,我一枪地打斗起来。

"你们把刀、枪放下!"只听一声大喊,一位老者手捋长须,骑牛而来。

两个童子急忙丢了手中刀枪,跪倒下拜:"师父在上,我们闲着无聊,一时打斗玩耍,请师父责罚。"

"好吧!那就罚你们永世不得动刀动枪。"

"徒弟认罚,可是不让打着玩,那玩什么呢?"童子们一脸委屈。

"你们就回去想出办法把一除以三除尽吧……"

两个童子起身走了。

老子下青牛引灶王爷和查理入茅庐坐下。查理看那传说中炼出许多灵丹妙药的老君炉,倒像是一台多功能信息处理器,难怪丹也能炼,猴也能炼,火眼金睛也能炼。

老子先给灶王爷倒了一杯天堂茶,灶王爷一喝完,立马儿觉得神清气爽,长时间被丑巫封堵造成的伤害全部恢复了。看来太空环境中生长的东西就是不一样,将天堂的食物称为仙品真是名副其实。

老子曰:"灶王爷不是小神,泥蛋蛋、纸片片也是大智慧呀。这些小小吉祥物的了不起在于'祈福生命的包容,世界的和谐'。这才是人类的大智慧,世界的真出路。可是千百年来懂这门学问的人少之又少,做这门学问的人难上加难。需要爱心、智心、耐心、恒心……"老子一边说着,一边把手中的字条放入老君炉中。

查理非常好奇，不由地问："您这是在做什么？"

"炼丹啊。这么多年我主要在干一件事，寻找灵丹妙药，解救人间疾苦。"

查理看见老子面前摆放着许多字条，有的看的懂，大多都看不懂。

老子看了看查理，笑着说："这些都是我从人类文明中筛选出来的优质素材。"说着他拿起一个圆周率符号 π 放入炉中，老君炉显示器马上飞闪起来：3.1415926……

"请问老子，近来可找到什么解救人间苦难的新药？"查理又问。因为狗始终是关心人类的。

"有啊，这不刚刚炼出个眉目，就'西去化胡'，专程送往人间了。都说神仙悠闲自在，其实我们都是工作狂，在这个被叫做天宫的地方各司其职，努力工作着，执行着监护地球的特殊使命。"

老子的一番话，越发让查理觉得这个叫"天宫"的地方是个巨型的宇宙空间站。一批有着特殊技能的智慧生命做着为地球、为人类服务的工作。

"祖师拿什么灵丹妙药去化胡，给我一些也拿去自己用。"灶王爷开始讨仙丹了。

老子笑道："这药就是自家产的，叫'中国特色'。"说着，他捡出几个字条，只见上面写着：

上天有好生之德

万物并育而不相害，道并行而不相背

和谐世界

无城无府，无尔无我，天下一家，治臻大化

"请教祖师，'中国特色'是什么呢？"灶王爷毕恭毕敬地问。

"简单说，中国特色就是'和'，就是想办法把世上的事物融合一起。用融合的方式让文明存在下去。到现在，'中国特色'已经几次拯救了文明。比如说佛教，伟大的人类文明，在发祥地印度消亡了，是把儒、释、道——红花、白藕、青荷叶的融合挽救了这种文明。"老子说。

查理觉得老子真了不起，难怪他能在这里炼灵丹妙药。可他马上又想起哮天犬不借战袍的事儿。神之间都融合不到一起，人和人就更别提有多难了。

于是，他把借金刚战袍的事儿告诉了老子，

老子笑道："救人不一定只用战袍，来、来、来……"说着，老子把查理叫到跟前，低低地说了几句话。"到时候，你只需如此这般，地恶邪灵的诅咒就不攻自破了。"

查理备受鼓舞，他们谢过老子急返玩偶客栈。

十九

年几乎是和人类的天使一起来到地球的，他认识人类的父亲，甚至还有着一点点人类的血统，所以，他比任何人都了解人类的致命弱点，所以也就从来没有放弃击败人类、取而代之的目标。

尽管屡战屡败但绝不认输，因为千百年来人类的所作所为给他希望，人从来没有停止过你争我夺、你死我活。

他睡觉都睁着眼睛，观察着人类的一举一动，引导人类犯错误，并利用他们的每一个失误。

他无孔不入，卧底在兽性中，耐心地潜伏在细节里，期待奇迹在下一秒出现。

机会终于来了，二〇一二这个天象、地象、气象都出现异常的时空点临近了。

由于丑巫用诅咒替换了吉祥玩偶的祈福，用争斗的魔兽金刚卡通取代了疏导。太空魔兽年——这个黑暗支配者，成功潜入地球，有机会试探当今人类的虚实，去体验除夕夜的爆竹声中，吓倒的是怪兽还是人类自己。

查理和灶王爷一起回到玩偶客栈与花脸猫和五毒背心会合一处。查理确定战术，即先把所有的玩偶找出来，用老子教给自己的降魔法破解丑巫地恶邪灵的所有诅咒。

五毒背心将身子一转，蛇、蝎、蟾蜍、蜈蚣和壁虎幻化成无数只，如汹涌洪流般扑向地牢之上的那些怪兽、金刚。

众怪兽体形庞大，为数众多，难于躲避，受到了毒蛇猛蝎的猛烈攻击，虽然伤不到这些金属生命体，但是可以把他们搅得心神不宁，四处乱窜。

丑巫一直在楼上卧房中熟睡，猛然，一阵触电感让他从梦中惊醒，抬头一看，见有无数只蛇、蝎、蟾蜍、蜈蚣和壁虎趴在他的床上，在以毒攻毒。虽然丑巫的功力很强，许多五毒虫都死了，但是虫海战术还是让他不得不衣冠不整地向门外楼下逃去。

一路上，他看到手下的怪兽、奥特曼和变形金刚东钻西蹿，楼上楼下，墙壁天花板到处都是五毒的身影，这突如其来的变故，让丑巫措手不及，他双手用力地揪着自己的头发，歇斯底里地嚎叫着。

丑巫疯狂地冲到一楼大厅，正好与从地牢中走出来的查理和小背心狭路相逢。丑巫使出全身所有的力气，挥舞着他的机械手臂，念动鬼符咒，欲将查理和小背心困于符咒之内。

"在太空中四处游荡，无家可归的太空魔，以待命的方式现身，用你们的举手之劳，赐给我太空的黑暗——怨魂的哀鸣。"顿时，客栈中阴风四起，光线晦暗下来……

查理一声长啸，半空中响起降魔咒：

无垢清净光，
慧日破诸暗，
能伏灾风火，
普明照世间。

随着丑巫的晕倒，他在客栈中摆的各种阵法，一个个都不攻自破。魔怪卡通都僵直了，吉祥玩偶们苏醒了过来。布老虎、小布驴恢复了神志，叫叫猴被众玩偶从蒸笼中救出，扫晴娘也重获自由。

众玩偶虽然身上有伤，但都各尽职守，一起施法，重新修复身上的磁场。

扫晴娘腾空而起，扫帚一挥，给人们迎来了美丽的朝阳。

抓髻娃娃、布老虎将幸福与吉祥如意洒满人间。

小布驴净化了人们的蔬菜和水果。

叫叫猴收起了嘈杂的声音，将大自然中美妙的音律还给人类。客栈也变回了原来的样子，人们又有了玩偶们的祈福。

查理和花脸猫分别数日，历尽坎坷，终于又相见了。他们相拥而泣，花脸猫用舌头帮查理舔着他流着血的伤口，查理用前爪帮花脸猫擦去眼中悲喜的泪水。

正当他俩执手相望时，天外一个霹雳闪过，一只绿毛独角的怪兽出现在院子里。它体魄巨大而强悍，每个毛孔里都冒出恐怖绿雾，更让人难受的是他的脸上居然带有混不讲理的恶人表情。难怪说魔有人的血统。

"这是个什么东西？"查理问。

玩偶们远远看见那只怪兽，脸上立刻露出惊恐的表情，连平时天不怕地不怕的抓髻娃娃也吓得躲了起来。

"啊——！是年！"

"年来了！"

"救命！"

"年出现了！！！"

"饕餮大师不在可怎么办？！"

"快藏起来，躲起来！"吉祥玩偶们乱作一团。

"哈哈哈哈！"看到惊慌失措的玩偶们，年兽得意极了，"就从这个客栈开始吧！"

"什么？他要开始干什么？！"查理惊诧。

"嗯，他什么都吃……吃人、吃兽、吃物、风火雷电光、太阳风、宇宙波、暗物质。他为了保证自己这个邪恶体在宇宙中平衡和存在，像太空中一个移动的黑洞一样，吞噬着能够吞噬的一切。"但是他进入地球场也只能按照这个四维允许的存在方式展现自己的邪恶，所以年就变身成这样一个人面兽身的怪物。

查理和花脸猫正好坐在大门口，看见年兽向他们走了过来，花脸猫的爪子开始颤抖。

不得不承认，猎狗的天性，还有中华细犬和查理家族独特的勇士基因，造就了他无所畏惧的勇敢。

查理跳了出来，重要的是跳得毫不犹豫，没有一丝一毫的怯懦，这种行为方式会给对手必须重视的心理转达。随即，查理把花脸猫拉到了身后。

花脸猫被震撼了,他感动于没有一点胜算的查理竟然敢挡在年兽前保护自己!而自己空有九条命却被吓得发抖!他暗下决心,哪怕付出全部九条命也要和查理并肩作战。

"滚开,塞牙缝的小东西!不然就连你们一起吃了!"年兽咆哮着。

"除非踏着我的尸体过去,你休想伤害院子里的任何人!"查理丝毫不为之所动,这时的他就像一个真正的骑士,一个真正的勇者,一个没穿铠甲的将军……

"哈哈哈哈!几千年没见过这么可笑的狗了!"电闪雷鸣中年兽狂笑,凶性毕露。只见他一仰头,独角吸收了空中的闪电,再发射出来,立刻在查理身前打出了一个一米多深的大坑。

"想吓唬我?没用!"查理依然表现得无所畏惧。

年兽见威胁恐吓都没用,干脆扑上来,打算将查理和花脸猫拍死。

年兽正向查理发难,花脸猫突然嗷呜一声冲了出去,一口咬在年兽的脚背上!也许是没想到这只小猫也敢来咬上古魔兽,年愣了一下。查理抓住机会,扑过去,咬住了年兽的耳朵!

年兽感到难受了。他只是轻轻甩了甩爪子,摇了摇头,查理和花脸猫就被甩出几丈,滚了好几圈。虽然勇气可嘉,但巨大的实力差距已然昭示了这场战斗的唯一可能。

年兽看都没看,继续前行——在他眼里,查理他们根本构不成威胁。不料,负伤累累的查理和花脸猫艰难地爬起来后,再次拦在了年的面前。

"怎么可能?地球上竟然还有这么笨的动物?"年兽有些

不解了，看来丑巫的诅咒没起作用。

正在此时，密室的门内放出光华，甚至比天边的闪电更加夺目，光芒过后，一只威严庞大的上古神兽屹立在了年兽面前。

"是饕餮大统领出关了！"躲在一边偷看的玩偶们欢呼起来。

仇人相见分外眼红，看见饕餮，年兽阴阳怪气地打起招呼："好久不见啊！自上次你和黄帝把我赶出地球，已经过了五千年了，我无时无刻不在想念着你们！"

"废话少说！是我算错闰年晚了一天出关才让你有机会放肆！现在我就把你再赶回去！"

"哼！黄帝不在，凭你一个还想制得住我？"年兽对饕餮的宣战不屑一顾，他首先发起了攻击。

院子里一神一魔两只上古巨兽缠斗起来，时间一分分过去，双方都在受伤流血，一百回合过后，却不见年兽露出败势。

镇宅虎："他们这样打下去不是个事儿啊，谁也不赢谁也不败，最后只能同归于尽。"

两百回合过后，眼见饕餮身上血流如注，已处下风，因为地球这五千年污染严重，饕餮的眼睛不如从前了，所以被年偷击得手。

拴娃狮子说："这可怎么办？统领受伤严重啊！"

查理急得一个劲儿打转儿，他决定参与攻击，虽然作用有限，但起码可以分散年的注意力。

查理叫过花脸猫，叮嘱他让阿福速请兔儿爷搬救兵。

查理转过身，刚要投入战斗，突然被一个声音叫住："查理且慢！"查理回头一望，完全惊呆了。只见嫦娥女神手里抱着白兔站在自己面前，更叫他不敢相信的是嫦娥的身边站着哮天犬，还带着闪亮的金刚犬战袍。

"好样的，是我们中华细犬的勇士，把战袍穿上，披甲上阵！"犬神真诚地笑着对查理说，"你的大爱无疆感动了我，你是对的！"

嫦娥走到查理身边："上天有好生之德，金刚战袍威力巨大，一旦使用恐伤及无辜，你只要如此这般行事，我会让玉兔配合你。"兔儿爷老友鬼鬼地向查理挤挤眼，努努三瓣儿嘴……

披甲上阵的查理一声雷霆，把年吓了一大跳，马上矮了三分。他当然知道金刚犬战袍的厉害，不要说射日箭、破月箭、烈焰箭的厉害，就是上面的七色必杀光也是难以抵挡。查理让花脸猫把饕餮扶下去，然后长啸三声，向年兽猛扑过去，刹那间"嘭嘭唎唎……"响声一片。只见年兽抱头鼠窜，大败而逃，身上的绿毛被火燎着，这回真成了滚火球……

查理遵照嫦娥的安排为了不伤及地球生命，根本就没有使用金刚犬战袍。看来年永远也摆脱不了被爆竹声吓跑的宿命和魔咒了。

爆竹声声千年不停了。家家户户地放，漫山遍野地响，人们用爆竹声表达着对战胜强敌的巨大喜悦！但是中国的爆竹声声，不是别国对天鸣枪，庆祝杀了人！爆竹是庆祝驱了魔！人打败了人类的敌人！是祈福行为，文明遗产，所以就流传至今拦也拦不住。

年逃脱不了宿命，人也逃脱不了，年年不放炮不行，炸邪气，崩晦气，不是人肉炸弹，矛头对准的不是人。

太阳出来了，阴暗的玩偶客栈阳光普照，民俗玩偶在狂欢，在欢庆胜利！查理觉得光出奇的亮，刺得他几乎睁不开眼睛，什么也看不见了，白茫茫一片大地真干净……

箱盖被突然打开了，查理被驯兽员抱出来的时候，他的箱底一梦才渐渐醒来，应该说比娶妻生子，升官发财的黄粱一梦要精彩得多了，难怪查理久久不愿意相信，眼前发生的事情是真的，他宁可相信这是梦！

黑箱梦醒的查理，被交给了外国使馆工作人员。

"太感谢了，这下王妃的病该好了。"

"应该的，也希望能找回'博士'。"

"唉，那只聪明绝顶的小狗儿，他从皇宫溜出去了，但是我们保证全力以赴，尽快找回他。"

驯兽员喜欢上了花脸猫，把他留作动物演员。

查理的车起动了，那条优雅的小母狗跟着汽车跑了很久，追不上了，但她还是伸着头凝望，不知那是依依惜别，还是翘首以待……

二十

查理回到了欧洲王室，还算好吧，又去扮演那个规定他扮演的角色，重复他以前熟悉的生活，吃不完的吞拿鱼和必须接受的拥抱甚至亲吻。依旧参加各种社交活动，会有很多狗跑来问他经历的奇遇，比如皮特就常会问这问那，但是有两个问题是绝对不能问的。

1. 不要问我是谁？我从哪里来？
2. 不要问你觉得哪里最好？

问了，查理就会激动，说不准就会咬你一口。主人说他受了点刺激，但查理还是一条非常不一般的贵族狗。

终生难忘的经历，让查理不能像从前那样心安理得，他总是在纠结一个问题："快乐是什么？"又似乎在接近了一个答案："做人的快乐就是做一个快乐的人，做自己想做的事儿，并努力把它做好。至于做狗的快乐就是不被人拴着。"

如果再给他一次选择的机会："做贵族狗？还是做流浪狗？"查理八成会选做流浪狗，为此他还作了一首流浪狗之歌：

到处逛逛……啊……啊啊啊……到处逛逛。
我看这世界挺荒唐,每个人都像在打仗……到处逛逛。
我不发短信不上网,不在微博写文章,
有了时间晒太阳,享受和平好时光……到处逛逛……